PROFIL BAC

Collection dirigée par Georges Décote

Bel-Ami

Guy de Maupassant

Gérard Delaisement
Docteur ès Lettres

Catherine Botterel
Professeur de Lettres

Sommaire

© HATIER, PARIS, AOÛT 1999 ISSN 0750-2516 ISBN 2-218 72839-7

Six lectures méthodiques

Dans les pages suivantes, les chiffres entre parenthèses renvoient aux pages de l'édition Gallimard, collection « Folio ».

Gérard Delaisement a rédigé l'ensemble des problématiques (à l'exception de la problématique 1) ainsi que le résumé..
Catherine Botterel a rédigé les repères pour la lecture, la problématique 1, l'ensemble des lectures méthodiques et l'index.

Édition : Benoît Berthou
Maquette : Tout pour plaire
Mise en page : Christine Paquereau-Le Masle

FICHE PROFIL

Bel-Ami (1885)

Guy de Maupassant (1850-1893)

Roman XIXe siècle

RÉSUMÉ

Georges Duroy, sous-officier rendu à la vie civile, est en chasse sur le boulevard parisien, en quête de succès et de réussite. Il rencontre un ancien ami, Forestier, qui lui conseille d'entrer dans la presse. Un nouveau Rastignac, le célèbre héros balzacien, va naître. Forestier lui donne ses premières leçons d'apprenti-chroniqueur, puis il fait la connaissance de Mme de Marelle, une sympathique maîtresse qui le guide sur les chemins d'une éducation sentimentale très libre. La très jeune fille de Mme de Marelle, Laurine, lui donne un nom qui sonne comme un titre : Bel-Ami.

Forestier meurt. Georges Duroy épouse Mme Forestier, sa maîtresse à écrire. Devenu chef des Échos, une position centrale au journal, il se fait apprécier de son patron, le rusé Walter, directeur de *La Vie Française,* le journal parisien puissant et écouté.

Georges Duroy, bientôt Du Roy de Cantel, devient l'amant de Mme Walter. Rédacteur politique, il découvre les affaires financières véreuses, connaît les sombres tractations gouvernementales, et les dessous de la politique coloniale.

Alors que l'entente scellée avec Madeleine Forestier se lézarde, Mme Walter est écartée. C'est sa fille, Suzanne, qui précise les derniers rêves de l'arriviste qui l'épouse. C'est le dernier pas vers la richesse, la députation, la gloire. Walter, qui a reconnu en Bel-Ami la race des « hommes d'avenir », lui ouvre sa maison, le fait rédacteur en chef. Sur les marches de l'église de la Madeleine, auréolé de sa nouvelle et quasi divine puissance, son regard rencontre celui de Mme de Marelle.

PERSONNAGES PRINCIPAUX

– **Georges Duroy,** l'arriviste absolu, le petit sous-officier qui devient maître de la Presse et, bientôt, du pouvoir.

– **Walter,** « Monsieur Walter », directeur de journal, financier puissant.

– **Laroche-Mathieu,** le ministre des basses besognes.

– **Les petits journalistes :** Forestier, un second habile ; Saint-Potin, le reporter sans scrupules ; Rival, le chroniqueur parisien, image du Paris des apparences ; Norbert de Varenne, l'un des masques de Maupassant, pessimiste, solitaire, hanté par la mort.

– **Mme Forestier,** un personnage original de journaliste moderne.

– **Mme de Marelle,** la maîtresse parfaite, objet permanent de désir.

– **Mme Walter,** la maîtresse acharnée, maladroite mais sincère.

– **Suzanne Walter,** une adolescente romanesque.

CLÉS POUR LA LECTURE

1. Un roman de formation

Un ambitieux qui arrive par les femmes et par la presse. L'itinéraire et les stratégies de Bel-Ami.

2. Un roman réaliste

Le Paris des plaisirs et des pouvoirs, concentré à l'ouest de la capitale.

3. Le monde de la presse et de la politique

Une société fin de siècle corrompue, accordant une grande part au paraître. Des portraits d'arrivistes sans scrupules.

4. Un roman pessimiste

Un mal de vivre latent et la hantise de la mort. L'impossible connaissance de l'autre.

5. « L'illusion du réel »

Un roman qui recherche « l'illusion du réel », mais qui prend aussi une dimension impressionniste et fantastique.

PREMIÈRE PARTIE

Résumé et repères pour la lecture

Premier succès sur le boulevard[1]

RÉSUMÉ

Georges Duroy est un ancien sous-officier qui a gardé de son métier l'arrogance, une soif, un désir violent de réussir à Paris, quels qu'en soient les moyens. C'est un chasseur sur le boulevard, en quête de bonnes fortunes. La chance aidant, il rencontre Charles Forestier, un ami de régiment, rédacteur politique à *La Vie Française.* Ce journaliste arrivé – encore que malade – lui conseille de suivre sa propre voie car c'est par la presse, la grande, qu'on arrive, à Paris. Forestier invite alors Duroy à dîner pour le lendemain : il rencontrera le Patron, M. Walter, ainsi que des journalistes et des femmes.

Chemin faisant, les deux compères arrivent aux portes des Folies-Bergère : on va assister – gratuitement – au spectacle. À la sortie, une fille, Rachel, remarque la prestance de Duroy et l'entraîne. Forestier, en connaisseur, constate : « Dis donc, mon vieux, sais-tu que tu as vraiment du succès auprès des femmes ? Il faut soigner ça. Ça peut te mener loin » (p. 45).

REPÈRES POUR LA LECTURE

L'incipit d'un roman réaliste[2]

Le chapitre 1 est l'incipit[3] d'un roman réaliste et cherche à répondre aux questions que se pose le lecteur. Il donne des indications temporelles et spatiales précises, qui correspondent à un univers familier du lecteur (le Paris des années 1880). Il brosse un portrait du protagoniste, un ancien sous-officier, assoiffé d'argent et de rencontres amoureuses.

1. Tous les titres des chapitres sont de Gérard Delaisement.
2. Voir Lecture méthodique 1, p. 90.
3. Incipit, en latin, signifie « il commence ». Dans une définition stricte et étroite, l'incipit est la phrase par laquelle commence un roman. Dans une acception plus large, il désigne l'ensemble de ce qui est nécessaire à la compréhension du démarrage de l'intrigue et à la mise en route de l'intérêt romanesque. Dans *Bel-Ami,* l'incipit pourrait s'étendre à la rencontre de Duroy avec Forestier.

Un adjuvant : Forestier

Forestier donne à Duroy une véritable leçon d'arrivisme : il lui indique les « moyens » pour arriver. Il faut de l'aplomb, miser sur l'apparence et plaire aux femmes. Le dialogue entre les deux amis propose une vision pessimiste de la société fin de siècle. La scène des Folies-Bergère attire l'attention du lecteur sur le monde frelaté dans lequel va évoluer le héros : elle met en évidence les liens entre l'amour, l'argent et la femme.

PREMIÈRE PARTIE - CHAPITRE 2

Un dîner important

RÉSUMÉ

Pénétré de sa valeur, tout à sa joie d'une première réussite, Duroy, qui a soigné sa tenue de soirée, se présente chez Forestier. Passées les premières timidités devant le patron de *La Vie Française,* il s'enhardit et raconte à sa manière la situation économique de l'Algérie et ses souvenirs d'Afrique.

L'évidente facilité du conteur appelle la curiosité autour d'un sujet mal connu. Et d'abord celle de trois femmes – Mme Forestier, Mme de Marelle, son amie, et Mme Walter, la femme du Patron – « qui avaient les yeux fixés sur lui ». Une bonne soirée : trois femmes - sans compter la petite Laurine, fille de Mme de Marelle - l'admirent et le Patron lui donne rendez-vous pour le lendemain, non sans lui avoir commandé « une petite série fantaisiste sur l'Algérie » (p. 56).

REPÈRES POUR LA LECTURE

La suite de l'exposition

On découvre les autres personnages principaux du roman à l'occasion d'un dîner mondain. Ceux-ci sont présentés deux par deux : M. et Mme Walter, Mme de Marelle et sa fille Laurine, Rival et Norbert de Varenne, les Forestier. Le narrateur insiste sur les contrastes existant entre les deux membres de ces couples, et évoque la futilité des discours lors de ces repas.

L'entrée dans le monde

Duroy fait son entrée dans le monde et cette première expérience est une réussite. Mettant à profit les conseils de son ami, il a conquis les femmes de l'assemblée par sa séduction et sa faconde. Il a fait un numéro d'acteur fort réussi, a répété son rôle en se mirant dans le miroir, a cherché la pose adéquate pour son nouveau personnage : il « s'étudi [e] comme font les acteurs pour apprendre leurs rôles » (p. 48). Il utilise à bon escient ce qu'il a entendu dire par d'autres convives. « Il [...] recommença avec elle (Mme de Marelle) la conversation qu'il venait d'avoir avec Mme Walter » (p. 61).

PREMIÈRE PARTIE - CHAPITRES 3 ET 4

Une « collaboration réussie »

RÉSUMÉ

Duroy est rentré chez lui – une triste chambre dans un immeuble crasseux – et commence l'article promis. L'inspiration se fait attendre ; il rêve au pays natal, aux vieux parents normands qui « avaient voulu faire de leur fils un monsieur » (p. 66-67) : il ne les décevra pas. Mais sa plume le trahit et il doit se rendre auprès de Forestier pour lui expliquer ses difficultés. Toujours compréhensif, l'ami le pousse à rencontrer sa femme, elle-même journaliste de talent, experte en l'art d'écrire des chroniques.

Madame Forestier, énigmatique et sûre d'elle-même, écoute son récit algérien et montre à Duroy, médusé, comment on s'y prend pour offrir au public un papier qui l'intéresse. Très amicale, elle engage l'homme à rendre visite à Mme de Marelle cependant qu'arrive le comte de Vaudrec, « le meilleur et le plus intime de nos amis » (p. 77), précise-t-elle. Duroy, gêné, s'efface.

À *La Vie Française* où il se rend plus tard, il s'étonne de trouver des femmes parmi les journalistes – une nouveauté dans la presse moderne –

et commence à découvrir que tout est fait pour le paraître, pour l'apparence, pour le masque. Forestier le fait pénétrer dans le bureau de Walter qui confirme l'engagement de son nouveau collaborateur et lui demande de continuer sa série d'articles sur l'Algérie.

Duroy connaît la joie de lire « son » article, le lendemain, dans *La Vie Française.* Il commence à s'initier aux besognes routinières du journal : Saint-Potin, un journaliste astucieux, lui explique comment faire un article sans se déranger, brosse un portrait du Patron, « un bon zig qui ne croit à rien et roule tout le monde », et du journal « fondé [...] pour soutenir ses opérations de bourse et ses entreprises de toute sorte » (p. 91). Quant à Madeleine Forestier, c'est « une rouée, une fine mouche. C'est la maîtresse d'un vieux viveur nommé Vaudrec, le comte de Vaudrec, qui l'a dotée et mariée.. » (p. 92).

Ces premiers apprentissages n'ont pas fait progresser Duroy dans l'art d'écrire : il doit quémander l'aide de Forestier. Cette aide lui est refusée et il doit se résoudre, avec sagesse, aux durs apprentissages du métier. Il rêve, le soir, « aux procédés qu'il pourrait employer » pour atteindre l'aisance (p. 101).

REPÈRES POUR LA LECTURE

Duroy intime

Georges Duroy, fier de ses premiers succès, se retrouve seul dans sa chambre sous les toits. Le narrateur dévoile certains aspects de son intimité. Le protagoniste a toutes les caractéristiques d'un héros de roman de formation : il évoque ses parents et la nécessité d'une rupture avec son milieu d'origine, parle de ses origines modestes et de ses ambitions. Il désire avant tout devenir quelqu'un, a le sens de la lutte, un profond désir de vaincre qui le pousse à surmonter les épreuves qu'il rencontre sur sa voie. « Il entrevoyait le triomphe au moyen d'événements encore confus dans son esprit, qu'il saurait assurément faire naître et seconder » (p. 67).

C'est surtout dans la première partie du roman que le héros évolue. On assiste à un changement physique et psychologique de Duroy : de rustre dans l'incipit, il devient, en apparence, un homme du monde (« la conscience d'être devenu un autre homme, un homme du monde, du vrai monde », p. 160). Alors qu'il traverse des milieux variés (*La Vie française,* les Folies-Bergère, les dîners mondains), son désir de conquête devient obsessionnel.

Un nouvel adjuvant : Madeleine Forestier

Malgré sa facilité à parler, le héros est incapable de traduire à l'écrit ses idées : « Il les aurait dites (ses pensées) peut-être, mais il ne les pouvait point formuler avec des mots écrits » (p. 66). Georges Duroy est donc aidé par la femme de son ami, Madeleine, qui apparaît comme un nouvel adjuvant dans son ascension sociale et lui administre des conseils dans l'art d'écrire.

La satire du journalisme

Duroy découvre, peu à peu, le journal de Walter, dont la description, rendue par une focalisation interne, est fort satirique : c'est un quotidien où l'apparence joue un grand rôle, où la « mise en scène [est] parfaite pour en imposer aux visiteurs » (p. 78). Le narrateur brosse des portraits de journalistes, mettant l'accent sur leur ruse, leur opportunisme, ainsi que sur leur « art du bluff ».

PREMIÈRE PARTIE - CHAPITRE 5

Une facile conquête

RÉSUMÉ

Duroy ne progresse pas assez vite à son gré. Il se souvient alors du conseil de Mme Forestier : « Allez donc voir [Mme de Marelle] un de ces jours » (p. 77). Cette visite lui procure une alliée : la fille de la maison, la petite Laurine. À son tour, la mère se laisse séduire par le beau sous-officier et l'invite à un dîner « intime » avec les Forestier. Ce dîner commence dans la bonne humeur mais s'achève trop vite : Forestier, malade, doit rentrer.

Georges Duroy raccompagne Mme de Marelle, lui fait une cour pressante à laquelle elle répond favorablement : « Il en tenait une, enfin, une femme mariée ! une femme du monde ! du vrai monde ! du monde parisien ! Comme ça avait été facile et inattendu ! » (p. 116-117). Alors les rendez-vous se succèdent : chez Mme de Marelle où Laurine, sa fille, baptise le jeune homme du nom de Bel-Ami ; dans le triste appartement de Bel-Ami, puis dans une garçonnière louée par l'obligeante maîtresse. Il devient habituel d'oublier la présence d'un mari et de s'encanailler dans les bistrots, « dans tous les endroits louches où s'amuse le peuple » (p. 129).

À ce jeu, les maigres ressources de Duroy fondent à vue d'œil et Clotilde de Marelle, qui a perçu la gêne de son amant, glisse dans ses vêtements pièce après pièce. Il doit accepter, en grognant, ces générosités nécessaires et obéir à tous les caprices de la femme. Mais il se trouve que l'un de ces caprices amène les amants aux Folies-Bergère où Rachel reconnaît Duroy. Gêné, l'homme se sauve sous les quolibets de la fille. Clotilde quitte le maladroit, tout déconfit.

REPÈRES POUR LA LECTURE

Un personnage « hors-norme »

Le chapitre insiste sur la frivolité de certains personnages : Mme de Marelle est une femme bohème, qui apprécie les échappées hors de son univers, « les escapades de garçon dans tous les endroits où les femmes ne vont pas » (p. 128), « dans tous les endroits louches où s'amuse le peuple » (p. 129) ainsi que les conversations polissonnes. Tour à tour qualifiée d'« étudiante » et de « bohème », elle a le goût de la transgression, refuse la norme voulue par son statut de femme mariée. Mme de Marelle est pour Bel-Ami un véritable adjuvant. Elle l'entretient financièrement, l'initie à la sensualité et lui prodigue des conseils. En fait, elle est le double féminin du héros puisqu'ils sont « deux êtres de même caractère et de même race » (p. 104). Son rôle dans le roman et dans l'apprentissage du protagoniste est d'autant plus important que cette femme est présente tout au long de l'intrigue, malgré ses nombreuses ruptures avec Bel-Ami.

Vers d'autres amours

RÉSUMÉ

Duroy a vite retrouvé son aplomb et déclare à Mme Forestier son amour naissant. Très grande dame, elle écarte l'intrus au nom d'une conception très moderne de la passion : toute passion est dangereuse et « je cesse, avec les gens qui m'aiment d'amour ou qui le prétendent, toute relation intime » (p. 147). Madame Forestier engage Duroy à rendre visite à Mme Walter, la femme du patron, une femme utile, avec une réputation sans tache.

Le journaliste fait son chemin. Les leçons de Mme Forestier ont porté leurs fruits. L'homme qui se présente chez Mme Walter a acquis l'aisance et le délié.

Devant un cercle féminin très choisi, il produit forte impression en ridiculisant ces messieurs de l'Académie : la semaine suivante, il est nommé chef des Échos, ces Échos qui sont « la moelle du journal », la somme des petits entrefilets aguicheurs et trompeurs où chaque lecteur doit trouver son intérêt. Un intérêt qui peut être politique ou culturel, professionnel ou social, quand « il faut penser à tout et à tous » (p. 155).

Le journaliste va montrer là toutes ses qualités de ruse, d'astuce, de souplesse et de flair pour réussir dans la fonction. Et comme une bonne nouvelle peut cacher d'autres bonnes nouvelles, il est invité à dîner chez les Walter, reçoit un salaire de Crésus et songe à ses parents normands et au pays natal.

Le dîner - en présence de tous les rédacteurs du journal - est somptueux. Duroy fait plus ample connaissance avec les deux filles Walter, Suzanne en particulier. Il revoit Mme de Marelle : c'est la réconciliation. Le vieux poète Norbert de Varenne, étrange figure de raté pessimiste, l'accompagne sur le chemin du retour en lui administrant un véritable sermon sur la mort. L'homme s'arrache à ce pessimisme durement révélé à la pensée de sa rencontre du lendemain avec Mme de Marelle.

Forestier, de plus en plus malade, doit partir pour Cannes et son soleil. Bel-Ami rappelle à sa femme qu'elle peut compter sur son dévouement, en toute occasion.

REPÈRES POUR LA LECTURE

Les mondanités

Bel-Ami est invité à dîner chez les Walter. Il fait ainsi son entrée dans le monde des parvenus. Le narrateur propose une satire d'un milieu où l'argent, la presse et la politique sont étroitement liés.

Walter apparaît comme un spéculateur en faisant visiter « sa » collection de tableaux à Duroy : ce passage permet à Maupassant d'illustrer les mœurs de son époque en affaire d'art. Les tableaux sont classés par genre (les Paysages, la Grande Peinture, les Fantaisistes, les Jeunes), ordonnancement que le romancier adopta lui-même dans ses chroniques évoquant le Salon de 1886[4].

La première partie du roman est rythmée par des dîners qui n'ont pas tous la même valeur. Lors de certains, purement mondains (le dîner chez les Forestier ou ici chez les Walter), les conversations sont oiseuses et l'apparence règne : « un de ces dîners où l'on parle de tout sans rien dire » (p. 165). D'autres, plus intimes, révèlent la personnalité réelle des convives et leurs désirs les plus secrets, tels le dîner au café Riche ou la veillée funèbre à Cannes, au chapitre 8.

Le Sermon sur la mort

Avec le discours célèbre de Norbert de Varenne sur la mort, la première partie bascule dans le pessimisme. « Seule la mort est certaine » est le leitmotiv de ce vieux poète désenchanté, qui n'attend plus rien de la vie. C'est une leçon de pessimisme où pointe la personnalité inquiète du romancier.

Le vieux poète est en quelque sorte un des « maîtres » de Duroy, et tient un rôle indéniable dans sa formation : il ne lui indique pas, comme Forestier, les ficelles de l'ascension sociale, mais lui dévoile

---

4. Maupassant se fait critique d'art dans certains de ses articles comme, par exemple, ses chroniques intitulées « Au Salon I » et « Au Salon II », *Chroniques,* t III, p. 238-267.

les désillusions qui l'attendent. L'individu est fondamentalement seul et ne peut se raccrocher à rien ; toute espérance se révèle vaine car la mort est omniprésente.

PREMIÈRE PARTIE - CHAPITRE 7

Un incident de parcours : le duel

RÉSUMÉ

Charles Forestier est loin. Duroy signe ses premiers articles politiques mais il doit faire face à l'humeur belliqueuse d'un reporter de *La Plume* qui le prend rudement à partie tout en égratignant le journal. Un échange de communiqués insultants n'arrange rien : un seul recours, le duel. Bel-Ami possède quelques qualités d'apparence et beaucoup de savoir-faire et d'ambition, mais bien peu de courage physique.

Le choix des armes l'inquiète, puis l'angoisse, le terrorise. On se battra au pistolet. Malgré une formation accélérée, il se sent au bord de toutes les lâchetés.

La chance aidant, les balles épargnent les deux hommes. L'honneur de *La Vie Française* est intact et Bel-Ami reçoit les chaudes félicitations du Patron et les tendresses renouvelées de Mme de Marelle : on s'installe dans la garçonnière du bonheur.

REPÈRES POUR LA LECTURE

Le duel : un rite mondain

Duroy, pris à partie par un journaliste, doit se battre en duel. Maupassant a, à deux reprises déjà, abordé le thème du duel au pistolet : dans le récit *Un lâche* paru en 1884 et dans la préface qu'il a rédigée pour le livre du baron de Vaux, *Les Tireurs au pistolet,* paru en 1883. Dans ces trois textes, le romancier donne son opinion sur le duel : il s'agit de se sacrifier au respect d'un honneur pointilleux ; le plus souvent, il existe une inégalité des chances entre les combattants. Avec ce thème qui lui est cher, le romancier dénonce l'hypocrisie d'un acte à la mode au XIXe siècle, qui n'est en fait qu'un prétexte à une certaine publicité.

Focalisation interne et psychologie du héros

Dans ce passage, le narrateur insiste sur le combat et sur les angoisses de Duroy. Il fait aussi une description de l'entraînement. Le duel permet aussi, par le biais de la focalisation interne, de pénétrer les sentiments du héros : celui-ci souffre de devoir se battre ; il est confronté pour la première fois à la mort, sa propre mort. Il perd toute sa superbe et apparaît lâche, victime même d'hallucinations. Il enjolive ensuite le récit de son aventure pour se présenter à son avantage.

PREMIÈRE PARTIE - CHAPITRE 8

La mort de Forestier

RÉSUMÉ

Duroy et Clotilde consacrent leur entente quasi familiale – M. de Marelle, toujours absent, ne compte pas – quand arrivent de mauvaises nouvelles de Cannes : Charles se meurt et sa femme demande l'aide promise par l'ami.

À Cannes, c'est l'heure difficile d'une longue et crispante agonie. La maladie n'en finit pas de jouer avec les dernières forces du malade. Bientôt, il faudra veiller le mort et ne pas se laisser prendre aux ultimes angoisses du hideux spectacle. C'est le moment que choisit Bel-Ami, profitant des circonstances qui lui sont favorables, pour redire à Madeleine Forestier son amour et son espoir d'un mariage. Sans écarter le projet, la brillante journaliste en fixe les limites : « Le mariage pour moi n'est pas une chaîne, mais une association [...]. Mais il faudrait aussi que cet homme s'engageât à voir en moi une égale, une alliée » (p. 224-225). Conscient des progrès réalisés, Duroy se montre compréhensif : il saura attendre.

REPÈRES POUR LA LECTURE

L'obsession de la mort

Forestier, atteint de tuberculose, agonise et meurt à Cannes, entouré de sa femme et de Duroy qu'elle a appelé à ses côtés. C'est une « mort en direct » qui révèle les obsessions personnelles de

Maupassant : la décrépitude de l'être humain par la maladie, l'angoisse du néant.

Il s'agit d'une description réaliste de la mort, où tous les détails sont mis en valeur : l'odeur du moribond, ses gestes et sa respiration saccadés, sa hantise du néant. En face de cette agonie, Duroy a des sentiments mêlés : une envie de fuir, de vivre, une horreur indicible de la mort et un désir de conquête à l'égard de la femme de son ami.

Le romancier dévoile également son anticléricalisme en créant un personnage de prêtre prêt aux compromis.

Un paysage symbolique

Dans ce chapitre, on est sensible à l'atmosphère macabre : c'est un paysage crépusculaire. La nature apparaît sous des aspects fantastiques avec des images telles que le « brasier mourant » ou la « plaque de sang ». Les couleurs dominantes sont le noir et le rouge, associées fréquemment à la mort (« l'espace derrière les cimes sombres était rouge, d'un rouge sanglant et doré que l'œil ne pouvait soutenir »). En fait, la mort de Forestier est évoquée et annoncée symboliquement par la Nature.

DEUXIÈME PARTIE - CHAPITRE 1

La visite normande

RÉSUMÉ

Madeleine Forestier s'est décidée : elle épousera Bel-Ami qui devra accepter une seconde et douloureuse rupture avec Mme de Marelle. Les nouveaux époux, pleins d'enthousiasme, iront passer quelques jours à Canteleu, au village natal de Georges Duroy, dans cette Normandie tant chérie, auprès de parents qu'il respecte et aime. Mais, à Canteleu, malgré les précautions prises, le contact espéré ne s'établit pas entre la dure paysanne des champs et la femme de la ville. Alors on ne s'attarde pas et Bel-Ami fait découvrir à sa future femme les beautés de son pays natal, « l'immense vallée » de la Seine, Rouen et son paysage de clochers.

Le retour aux origines : la Normandie

Georges Duroy se marie avec Madeleine Forestier. En contrepoint de cette conquête amoureuse, on assiste à un retour aux origines, à un retour en Normandie, qui remplit plusieurs fonctions dans l'intrigue. Il permet de faire le bilan de la réussite de Duroy depuis le début de son ascension sociale, depuis son arrivée à Paris. Il met l'accent sur la fragilité de l'alliance que Duroy a contractée avec Madeleine.

La référence à la Normandie est essentielle dans l'œuvre de Maupassant : c'est l'évocation de la terre maternelle, mais aussi de la relation quasi filiale qui le liait à son maître Flaubert. Rappelons que Flaubert habitait Rouen et qu'il est mort un 8 mai. Or Duroy se marie un 10 mai.

Une menace pour le couple

La Normandie est très souvent le décor des récits de Maupassant : mais *Bel-Ami* est le seul roman où la terre des origines apparaît menaçante. La description de la forêt de Roumare (p. 253) effraie Madeleine : elle ressent un « frisson singulier », une « angoisse confuse ». La Normandie devient oppressante et le personnage féminin se sent perdu et seul.

Duroy se rend chez ses parents pour pouvoir rompre avec ses origines : après cette échappée, il peut « accoucher » d'une nouvelle identité, s'appeler Du Roy de Cantel. Le couple Duroy, qui se définit comme une association où chacun des époux trouve son compte, est amené à disparaître.

DEUXIÈME PARTIE - CHAPITRE 2

L'ombre de Charles

RÉSUMÉ

Duroy, qui a remplacé Forestier en toutes ses attributions, fait connaissance des amis politiques de sa femme : le comte de Vaudrec « qui a ses habitudes dans la maison », Laroche-Mathieu, le député,

futur ministre. C'est avec ce médiocre arriviste que le couple s'associe pour lutter contre la politique coloniale du gouvernement. Cependant que les attaques perfides se succèdent, l'échotier Duroy, devenu le rédacteur politique D. de Cantel, inquiète. On le jalouse, on l'appelle « Forestier ». Furieux, il s'en prend à sa femme qui lui a caché l'intimité de ses rapports avec son premier mari. Malheureux autant que maladroit, il se heurte au silence dédaigneux de Madeleine. Il cache alors son amertume et ses rancœurs, sans un certain mépris pour sa femme et conclut : « Toutes les femmes sont des filles [...] Le monde est aux forts. Il faut être fort. Il faut être au-dessus de tout » (p. 270).

REPÈRES POUR LA LECTURE

La satire du monde politique

Du Roy fait son entrée dans le monde politique et le narrateur met en évidence l'opportunisme des politiciens. Laroche-Mathieu, le futur ministre des affaires étrangères, est caricaturé : il réussit essentiellement grâce à sa faconde et son aspect extérieur (« joli homme de chef-lieu »). Il est présenté par ses défauts (« sans convictions, sans grands moyens, sans audace et sans connaissances sérieuses », p. 261). Le romancier traduit par là son antiparlementarisme bien connu et sa répulsion à l'égard du suffrage universel.

Un de ses atouts est l'appui de *La Vie Française* et la collusion de deux forces, la politique et la presse, prend ici toute son importance. Laroche-Mathieu a indéniablement certains points communs avec Georges Duroy, entre autres sa facilité à parler et sa séduction physique : est-ce pour cela que le héros voit en lui son double ?

Le héros et ses doubles

Bel-Ami est menacé de l'extérieur : son couple vacille, devient même un « mariage à trois[5] ». Il doit « partager » sa femme avec Laroche-Mathieu et Vaudrec, qui ont tous les deux leurs dîners hebdomadaires chez le jeune couple. Il est miné par une jalousie rétrospective à l'encontre de son ami Forestier. Ce dernier l'obsède totale-

5. « L'Amour à trois » est une chronique que Maupassant a écrite pour aborder les relations d'une femme avec son mari et son amant. Cf. *Chroniques,* t III, p. 71.

ment dans la mesure où tout lui rappelle son existence, dans l'appartement comme au journal : « C'était la maison tout entière maintenant qui lui rappelait le mort, tout le mobilier, tous les bibelots, tout ce qu'il touchait » (p. 263). Lorsqu'il réalise que sa femme a trompé son mari, il se détache de cette jalousie posthume, et décide de la considérer comme un objet de plaisir sans avoir pour elle d'autres égards.

DEUXIÈME PARTIE - CHAPITRES 3 ET 4

Les événements se précipitent

RÉSUMÉ

Dans le salon de sa femme, Du Roy revoit Mme de Marelle, Mme Walter et ses filles. Toujours ulcéré par l'attitude énigmatique de Madeleine, il se montre affable avec son ancienne maîtresse qui a de nouveau pardonné et il s'intéresse à Suzanne dont il détaille les attraits de « frêle poupée blonde » : « Si c'était vrai, pourtant, que j'eusse pu épouser Suzanne ? » (p. 275).

Lors d'un assaut d'armes organisé par son collègue Jacques Rival, Bel-Ami, non content de rentrer en grâce auprès de Mme de Marelle, entend séduire Mme Walter. Il se fait charmeur, irrésistible dans son rôle d'accompagnateur patient et plein d'attentions sympathiques. Cependant que Madeleine lui fait part d'une nouvelle campagne à mener contre le ministère et sa politique coloniale d'intervention en Tunisie, Bel-Ami l'écoute à peine. Il poursuit son ascension amoureuse et obtient de Mme Walter un premier rendez-vous à l'église de la Trinité.

Madeleine, qui a invité à dîner les épouses des hommes politiques associés à son action, reçoit de son amie Mme de Marelle le plus agréable des compliments : « C'était parfait, ton dîner. Tu auras dans quelque temps le premier salon politique de Paris » (p. 295).

Dans l'église de la Trinité, Bel-Ami se fait pressant, parle d'amour à une femme sans défense, bouleversée et que gagne l'affolement à la pensée du péché qu'elle va commettre. Elle se confesse, retrouve quelque force pour éloigner encore le trop brillant séducteur. L'homme n'insiste pas : il sait qu'en amour il ne faut pas brusquer les choses ; son heure viendra.

Au journal, c'est le branle-bas de combat : la campagne de presse orchestrée par le couple Du Roy a fait tomber le ministère. Laroche-Mathieu devient ministre des Affaires étrangères et Walter demande à son rédacteur une grande chronique sur « notre colonie africaine » : ce sera « De Tunis à Tanger ». Madeleine félicite son mari et souligne les prolongements d'une affaire si bien commencée.

Madame Walter cesse toute résistance et se laisse conduire dans la garçonnière de Bel-Ami.

REPÈRES POUR LA LECTURE

La partie de Rival

Ce spectacle, qui avait un dessein charitable, montre en fait la décadence des mœurs mondaines. La cave de Rival, au départ un lieu masculinisé, où les hommes s'entraînent aux armes, devient lors de cette « sauterie » un lieu qui se féminise. Les odeurs sont des « émanations féminines de lubin, de verveine, d'iris, de violette » (p. 280).

Le cadre est entièrement factice, plein de « guirlandes de gaz et de [...] lanternes vénitiennes cachées en des feuillages [...] ». Ce spectacle met en avant une mise en scène théâtrale où les jeunes gens posent, cherchent à se faire remarquer : même les maîtres d'armes ont des « mouvements d'automates » pareils à deux « pierrots-soldats qui se seraient battus pour rire » (p. 282).

Bel-Ami, fin stratège

Sa conquête de Mme Walter est planifiée : émoustillé par la nouveauté et par l'attrait de la difficulté (« La Patronne l'excitait par la difficulté de la conquête, et par cette nouveauté toujours désirée des hommes », p. 293), il observe d'abord sa proie avant de fondre sur elle, en feignant le grand amour. « Il lui parlait tout bas, dans l'oreille, comprenant qu'il fallait la prendre peu à peu, celle-là, cette femme simple, qu'il fallait la décider à lui donner des rendez-vous, où elle voudrait d'abord, où il voudrait ensuite » (p. 294).

Les rapports à la religion

Duroy se fait ici le porte-parole de Maupassant : Dieu est un entremetteur de rendez-vous galants, puisque nombre de « rencontres amoureuses » ont lieu dans les églises. Il ressent un élan de colère envers la Nature : elle serait à l'origine du malheur existant sur la Terre et l'être humain est fondamentalement seul, même s'il croit en une divinité quelconque.

Le narrateur pervertit le vocabulaire utilisé habituellement pour évoquer l'église : Mme Walter réagit « en femme qui connaît bien la maison » (p. 298) ; le confessionnal est comparé, de manière sacrilège, à de « petites cabanes de bois, sorte de boîtes aux ordures de l'âme, où les croyants vident leurs péchés » (p. 303). Le narrateur utilise le même terme pour définir ce lieu saint et les boxes des Folies-Bergère : la citation « une étroite case » (p. 303), rappelle la « suite de cases semblables » (p. 42).

DEUXIÈME PARTIE - CHAPITRE 5

Les dessous de la politique et les surprises de l'amour

RÉSUMÉ

Les affaires du Maroc s'enveniment : on parle d'une nouvelle expédition. Elle serait organisée par Laroche-Mathieu, par Du Roy, son « porte-voix », et relèverait de ceux qui règnent dans le salon de Madeleine Forestier. Ceux-là règnent aussi sur *La Vie Française,* le journal de Walter qui « avait gagné une importance considérable à ses attaches connues avec le Pouvoir » (p. 313). Or, Laroche-Mathieu entend laisser croire que l'expédition n'aura pas lieu. À Duroy, il précise, de façon claire : « Faites que le public lise bien entre les lignes que nous n'irons pas nous fourrer dans cette aventure » (p. 315-316).

Ainsi Laroche-Mathieu a trompé Bel-Ami. Mme Walter, de façon innocente, fait mesurer à l'arriviste l'étendue de sa naïveté en précisant le mécanisme de l'opération boursière : « L'expédition de Tanger était décidée [...] ; et, peu à peu, ils ont racheté tout l'emprunt du Maroc qui était tombé à soixante-quatre ou cinq francs. Ils l'ont racheté très habilement... » (p. 325). Une affaire d'or [6].

Bel-Ami, qui jure de se venger, accepte d'acheter de l'emprunt avec l'argent que lui prête Mme Walter qui croit ainsi réveiller les ardeurs de son amant. En fait, cette nouvelle liaison a déçu l'ambitieux, inconstant et sans scrupules.

Il préfère la verve de la jeune Suzanne Walter et, plus encore, « l'affection » spontanée et drôle de Mme de Marelle, une femme de sa « race », celle des « vagabonds de la vie » (p. 321).

Les événements vont vite : Vaudrec, l'homme de l'ombre, est au plus mal. Il va mourir et, sans pudeur, Bel-Ami s'inquiète de sa fortune, de ses héritiers. Madeleine, gênée, admet qu'il est riche : un, deux millions peut-être.

REPÈRES POUR LA LECTURE

La passion de Mme de Walter

Mme Walter est prise dans les rets de l'amour : le champ lexical du piège amoureux montre les sentiments qui l'animent. « Elle l'avait emprisonné dans une passion, effrénée et fatigante, elle l'avait persécuté de sa tendresse » (p. 318).

En fait, cette relation amoureuse est fort décevante pour Bel-Ami car Mme Walter se révèle « tout autre qu'il ne l'avait rêvée » (p. 318) : n'ayant jamais connu réellement l'amour, elle réagit comme une fillette alors qu'elle est une femme âgée de quarante ans. Bel-Ami est d'une

6. Maupassant transpose sur le Maroc le mécanisme des spéculations financières qui ont servi de point de départ aux transactions et campagnes menées en Tunisie, en Égypte (mais sans succès), en Extrême-Orient au cours des années 1881-1885.
La régence de Tunis, sous l'autorité incertaine du bey, est au bord de la faillite. Son endettement chronique l'a mené à la banqueroute que sanctionne le Congrès de Berlin (1878) qui a reconnu les intérêts de la France. En 1881, le traité du Bardo institue le protectorat français. Il apparaît que le mécanisme des interventions françaises reste subtil. On lance une campagne de presse qui fait état de nos intérêts financiers, gravement lésés. L'intervention devient logique : des troupes sont envoyées mais de façon ponctuelle : la Bourse fléchit. Alors, on termine heureusement la campagne et la Bourse remonte. Les initiés se sont enrichis. Quant aux autres... C'est la leçon même de la campagne du Maroc, dans *Bel-Ami*. Sur ce thème, voir également plus loin, p. 66 : « la politique, un affligeant spectacle »

grande dureté à son égard : c'est « une grosse gamine », elle a des moues « grotesques » ; il est « écœuré » d'entendre dans sa bouche des termes bêtifiants.

DEUXIÈME PARTIE - CHAPITRES 6 ET 7

L'héritage Vaudrec et le triomphe de Walter

RÉSUMÉ

Du Roy s'interroge : « C'est bien étonnant [...] que Vaudrec ne nous ait rien laissé » (p. 337). C'est un étonnement de courte durée puisque le notaire fait savoir à Mme Du Roy qu'elle est seule légataire de la fortune du mort : onze cent mille francs. Bel-Ami, exclu du testament, sent sa jalousie renaître : un tel testament est inacceptable.

Harcelée, Madeleine, toujours maîtresse d'elle-même, accepte – la loi exige, à l'époque, pour toute donation, la signature du mari – un partage de la fortune. Le temps d'un cadeau offert à sa femme, d'un dîner avec Monsieur et Madame de Marelle et le couple, réuni dans le même orgueil, contemple, dans la glace qui renvoie leurs images, les « millionnaires » qu'ils sont devenus (p. 348).

La conquête du Maroc est achevée. La garantie de la dette a rapporté 50 millions à Walter qui est devenu l'un « des maîtres du monde » (p. 349). Pour montrer sa toute puissance, il invite Paris dans ses salons et Bel-Ami, ravagé par l'envie, grogne.

Mme Walter use ses dernières forces auprès de Bel-Ami qui la repousse avec brutalité. Désormais, seule Suzanne fait partie du jeu de l'ambitieux arriviste. Il guide la jeune fille à travers la foule qui a répondu à l'invitation de Walter. Le mécène a désiré faire admirer le tableau d'un maître, *Jésus marchant sur les flots*. Dans la foule, Du Roy a surpris sa femme au bras de Laroche-Mathieu : sa colère envieuse se double de jalousie. La Légion d'honneur que lui remet Madeleine au nom du ministre ne saurait apaiser ses rancœurs : il prépare sa revanche.

« Seuls les forts réussissent »

L'héritage Vaudrec : Duroy arrive à subtiliser la moitié de l'héritage de sa femme. Il prouve que cet argent doit être partagé entre eux pour que la réputation de sa femme ne soit pas entachée. Dans cet épisode, présenté du point de vue d'un narrateur omniscient, on est sensible à l'aspect théâtral de la scène où les attitudes des personnages permettent d'égayer le dialogue. Les protagonistes s'observent, s'épient, comme pour « surprendre les moindres défaillances » de l'autre (p. 341).

Le pessimisme du romancier refait ici surface et le narrateur met l'accent sur l'impossible communication entre les êtres, fussent-ils mariés, sur « cet inconnu de l'être qu'on ne pénètre jamais et qu'on peut à peine entrevoir » (p. 341).

Le coup de Bourse[7] : par une malversation crapuleuse, Walter et Laroche-Mathieu réussissent à s'enrichir : malgré sa part d'héritage, Duroy, envahi par l'envie et la haine, « rag [e] du triomphe du Patron » (p. 351). Le chapitre VII est ainsi parcouru par le champ lexical de la colère et de la jalousie.

Une mise en scène

Le chapitre 7 est entièrement occupé par la description de l'hôtel particulier des Walter, caractérisé par le luxe et le faste. On est sensible à la progression de l'extérieur vers l'intérieur, qui correspond au cheminement de Duroy et à sa découverte des pièces les unes après les autres. Le dernier salon contient la serre où est placé le tableau de Marcowitch : cette toile est mise en valeur par une théâtralisation du décor, où le factice domine (cf. pp. 357 et sv.).

Il y a une profanation du sacré : le caractère religieux du tableau est perverti par la ressemblance du Christ avec Bel-Ami. Mme Walter prie devant le tableau « comme dans une chapelle » (p. 369).

7. Voir plus loin, p. 00

Bel-Ami abat ses cartes

RÉSUMÉ

Du Roy est devenu l'hôte assidu des Walter et se montre plein d'attentions passionnées pour Suzanne. Il ose lui parler d'avenir à demi-mot. Alors il fait prendre Laroche-Mathieu et Madeleine en flagrant délit d'adultère et s'en va annoncer triomphalement son divorce prochain à son patron. La Presse se chargera – au prix d'un écho bien tourné – de « jeter bas le ministre ». Walter, médusé par tant d'aplomb et de réalisme, se rend compte que « le ministre est foutu » (p. 384).

On ne saurait pardonner aux ministres maladroits qui trahissent ainsi la morale et les règles du bon ton. Walter le sait qui se range aux conclusions de Bel-Ami : « On ne peut pas le repêcher. *La Vie Française* n'a plus d'intérêt à le ménager » (p. 386).

Les mois qui suivent vont assurer la réussite complète de Du Roy : il « enlève » Suzanne, pleine de visions romantiques, et met ses parents dans l'obligation d'accepter leur prochain mariage. Mme Walter s'enferme dans sa douleur, aux bornes de la folie.

REPÈRES POUR LA LECTURE

La résolution dans le schéma narratif

La résolution est la partie qui précède la situation finale dans la logique du récit. Dans ces chapitres, le romancier prépare ainsi la chute de l'intrigue, l'apogée de son héros. Pour ce faire, Bel-Ami doit « éliminer » Madeleine devenue gênante (« jamais il n'irait loin avec cette femme qui faisait sa maison toujours suspecte », p. 359). Il cherche également à se venger de Walter : il va s'occuper du Patron de *La Vie française* en déshonorant sa fille.

Une fois de plus, Bel-Ami utilise les femmes pour arriver à ses fins. Pour enlever Suzanne Walter, jeune fille romanesque, il joue la comédie des grands sentiments. Après avoir surpris sa femme dans les bras de Laroche-Mathieu, avoir réduit à néant sa carrière politique, avoir obtenu le divorce, il déclare à Walter : « Je suis maître de la situation. »

Deux maîtresses : la mère et la fille

Le narrateur brosse le tableau de deux femmes antithétiques en proposant l'analyse de la mère et de la fille, amoureuses toutes deux du même homme : l'une, la vieille maîtresse, voue à l'homme qui l'a initiée à la sensualité une passion sans bornes ; la seconde, telle une gentille marionnette, est toute passive.

Pour séduire cette dernière, il se présente sous un jour nouveau : il entretient avec elle une « intimité fraternelle et libre », bavardant et se moquant de tout le monde (p. 372). Mais il joue une fois de plus la comédie puisque, après l'aveu de la jeune fille, « il s'enfuit, comme s'il eût perdu la tête » (p. 374) : le « comme si » souligne la duplicité du héros.

Duroy est un séducteur : il multiplie conquête amoureuse et ruptures. Tout l'art du héros consiste à progresser dans sa stratégie, à devenir de plus en plus cynique. Tout est calcul dans ses relations amoureuses, à l'exception de sa liaison avec Mme de Marelle.

DEUXIÈME PARTIE - CHAPITRE 10

La consécration

RÉSUMÉ

Bel-Ami continue à bousculer tous les obstacles sur la voie triomphale qu'il s'est choisie. Madame de Marelle, ivre de douleur, doit une nouvelle fois s'effacer.

Walter fait annoncer dans son journal que « le baron Du Roy de Cantel »[8] devient son rédacteur en chef et que son mariage se fera avec toute la pompe réservée aux grands « fait [s] parisien [s] » (p. 407).

Ce jour-là, l'église de la Madeleine est envahie par les curieux. Tout concourt à la gloire de Bel-Ami : la puissance, la fortune, le monde

8. Il peut sembler que Duroy s'affuble d'un grand titre de noblesse en marge de la loi. Mais, ce qui est vrai dans le principe, ne l'est pas dans la réalité où de tels accommodements étaient monnaie courante. Maupassant d'ailleurs semble s'amuser de ces pratiques (p. 223).

parisien, le soleil, l'évêque, l'encens, les orgues. C'est un roi que l'on honore, celui que son « talent élève au-dessus des autres » (p. 413).

Cependant qu'on chuchote que Mme Forestier recommence dans un autre journal l'expérience tentée avec Bel-Ami – l'heureux élu s'appelle Jean Le Dol – le baron Du Roy de Cantel, nouveau Rastignac, songe qu'il va « faire un bond du portique de la Madeleine au portique du Palais-Bourbon » (p. 415).

C'est l'apothéose d'une irrésistible ascension qui s'ouvre sur la certitude des victoires essentielles : la réussite politique, la plénitude amoureuse quand passe « devant ses yeux éblouis [...] l'image de Mme de Marelle rajustant en face de la glace les petits cheveux frisés de ses tempes, toujours défaits au sortir du lit » (p. 415).

REPÈRES POUR LA LECTURE

Le dénouement, l'envers de l'incipit[9]

Le dénouement d'un roman répond à des exigences particulières comme l'incipit : il doit faire le point sur le protagoniste, étudier l'évolution de ce dernier depuis l'incipit. Il est une sorte de « baisser de rideau » propre au dénouement d'une pièce de théâtre puisqu'il réunit une dernière fois les personnages importants du roman.

Georges Duroy a atteint les différents objectifs qu'il s'était fixés, à satisfaire tous ses désirs : il est au faîte de la gloire, reconnu par le Tout-Paris, acclamé par la foule des badauds.

Une satire de la société fin de siècle

Le mariage de Bel-Ami répond à un certain protocole, mais la cérémonie met en évidence la décadence de la société parisienne. Même l'Église joue un rôle dans l'hypocrisie ambiante, puisque l'évêque considère comme des modèles les arrivistes du genre de Bel-Ami : elle cautionne sorte l'immoralité de ceux qui sont « arrivés ».

9. Voir Lecture méthodique n° 6, p. 117.

DEUXIÈME PARTIE

Problématiques essentielles

1 *Bel-Ami* dans la carrière de Maupassant

UNE JEUNESSE CHAOTIQUE (1850-1870)

Bien des polémiques entourent la naissance de Guy de Maupassant, le 5 août 1850, sur le lieu de sa naissance comme sur la paternité de l'homme. Les critiques ont longtemps hésité entre la ville de Fécamp, d'où était originaire la famille maternelle, et le château de Miromesnil. Les parents du jeune Guy l'avaient loué pour que leur fils naisse dans un cadre privilégié. Flaubert, un ami de Laure de Maupassant, a été souvent considéré – à tort – comme le père de Guy : l'amitié qui les unissait est indéniable. Quant aux rapports privilégiés que les romanciers ont entretenus, il s'agit d'une filiation toute spirituelle. Les deux hommes, dans leurs lettres, se nomment respectivement « maître » et « disciple ».

L'éducation de Guy de Maupassant est un peu anarchique. Après la séparation de ses parents en 1860, le jeune adolescent doit suivre sa mère en Normandie. Il entre à l'institution religieuse d'Yvetot en 1863 et y restera jusqu'en 1868. Il ressent son séjour comme un internement, une claustration, et il est renvoyé du séminaire pour cause d'irréligion puisqu'il écrivait en cachette des textes obscènes. Il entre alors au lycée de Rouen où il fait sa classe de rhétorique : il fréquente deux grands écrivains, Louis Bouilhet et surtout Gustave Flaubert, qui vont l'initier à l'écriture.

Les années 1869-1870 constituent un tournant dans sa vie puisque, bachelier, il monte à Paris pour s'inscrire à la faculté de droit avant que n'éclate la guerre franco-prussienne : le conflit le marque profondément et il en sort antimilitariste.

« LE FIL À LA PATTE, LE FIL DE L'EAU ET LE FIL DE LA PLUME »[1] (1870-1880)

Les dix années qui suivent sont mouvementées mais peu fécondes en succès. Maupassant mène une vie d'employé dans les ministères (de la Marine, puis de l'Instruction) qu'il juge monotone et sans intérêt : cette expérience fournit d'ailleurs la matière de nombreux récits.

Cependant, pour s'évader de cet univers carcéral et bêtifiant, il va canoter sur la Seine, à Chatou ou Argenteuil, ou rejoint sa Normandie natale. L'importance de l'eau dans sa vie est déjà sensible, importance qui ne se démentira jamais : ce thème parcourt toute son œuvre littéraire

L'employé écrit mais, avant le succès de *Boule de Suif,* se cherche : il hésite. Il s'est d'abord cru poète et a publié un recueil intitulé *Des Vers.* Ses poèmes contiennent en germe tous les thèmes que le romancier développera par la suite. Il a également touché au théâtre et écrit différentes pièces : son art du dialogue, son goût pour le spectacle sous toutes ses formes témoignent de cet autre engouement.

Mais c'est avec la nouvelle – ou le récit court comme il le définit lui-même – que Maupassant perce. En 1880, il obtient son premier grand succès, avec la parution de *Boule de Suif,* dans le recueil collectif *Les Soirées de Médan :* le pari était d'écrire une nouvelle de guerre. Celle-ci paraît conjointement aux récits de Zola ou de jeunes écrivains tels Huysmans ou Mirbeau.

LA GLOIRE, L'ARGENT, LES FEMMES

Pour gagner sa vie, il collabore à des journaux – *Le Gil-Blas* et *Le Gaulois* – en leur proposant des nouvelles mais aussi des chroniques. Maupassant s'y intéresse à l'actualité : il analyse, en critique d'art ou critique littéraire, les dernières parutions ou les textes qui lui semblent majeurs, mais évoque également les événements politiques, comme le problème de la colonisation ou du suffrage universel.

1. Nous empruntons ce titre à Jacques Reda, qui s'est occupé de l'Album de La Pléiade sur Maupassant.

Le lecteur peut donc connaître les opinions les plus personnelles de cet écrivain journaliste.

Parallèlement à ses articles, qu'il publie quelquefois sous un pseudonyme, Maupassant multiplie les publications de recueils de récits courts et de romans : *La Maison Tellier* (1881), *Mademoiselle Fifi* (1882), les *Contes de la Bécasse* (1883), *Clair de lune, Miss Harriet, Les Sœurs Rondoli, Yvette, Les Contes du Jour et de la Nuit, Toine* (1884). Son premier roman, *Une Vie,* paraît en 1883 et marque sa dette envers son maître Flaubert, mort en 1880.

En 1885, c'est la consécration avec son deuxième roman, *Bel-Ami,* qui met en scène un arriviste. Le héros – « un gredin » aux dires du romancier lui-même – utilise le milieu dans lequel il évolue, la presse, pour arriver à ses fins. Ce roman dérange : même s'il ne s'agit pas d'un roman à clés, le romancier a puisé dans la réalité pour donner « l'illusion du réel ». D'ailleurs, à maintes reprises, Maupassant lui-même s'est comparé à son héros, allant jusqu'à signer certaines de ses lettres « Bel-Ami ».

Comme Bel-Ami, Maupassant a multiplié les conquêtes féminines : la période de fécondité littéraire correspond également aux succès mondains. Le romancier fréquente les salons des beaux quartiers, tels ceux de la comtesse Potocka ou de Marie Kahn. Il y côtoie d'autres artistes qui deviennent ses amis.

LA MALADIE, LA QUÊTE DE L'AILLEURS, LA MORT

Cependant sa santé s'altère. Il a contracté la syphilis et la maladie le gagne, avec ses maux physiques et psychologiques : troubles de la vue, voire hallucinations visuelles, migraines, angoisse de la folie Dans son œuvre, on découvre les thèmes de la maladie et de la peur de mourir : le romancier puise une fois de plus son inspiration dans sa vie, dans la réalité.

Malgré la maladie qui le ronge, Maupassant continue à produire comme s'il voulait lutter contre sa destinée : il publie des recueils de récits courts (*Monsieur Parent, La Petite Roque, Le Horla),* des journaux de voyages (*Sur l'eau*), et des romans (*Pierre et Jean*, *Fort comme la mort*). Il cherche de plus en plus à s'évader de la capitale en voyageant à bord de son bateau, le *Bel-Ami*, et multiplie les excursions en Normandie mais aussi en Méditerranée. Pendant l'année 1890, ce romancier si fécond publie ses dernières œuvres – *La Vie errante*, *L'Inutile Beauté* – et son dernier roman : *Notre Cœur*.

Après une tentative de suicide, Maupassant est interné en janvier 1892 dans la célèbre clinique du docteur Blanche, à Passy, où il meurt le 6 juillet 1893, après une agonie atroce.

2 Temps et durée

CHRONOLOGIE ET STRUCTURE

Deux étapes inégalement distribuées dans le temps répondent à deux mouvements soulignant l'ascension de l'arriviste :

– une première étape (la première partie du roman) précise une succession de petites réussites significatives. Elle conduit Duroy, au long de huit chapitres et de huit mois, du triste sous-officier errant sur le boulevard au chef des Échos d'un grand journal, à l'habile chroniqueur déjà chargé de papiers politiques ;

– une seconde partie, en dix chapitres, accompagne, durant deux ans et demi, le héros vers la réussite absolue. Cette réussite s'impose, au rythme plus lent – logique oblige – d'événements de plus en plus importants.

Le rapport entre la durée de ces deux étapes traduit un relatif déséquilibre. Celui-ci s'explique sans peine par l'état d'esprit d'un personnage pressé puis conscient d'avoir à composer avec le temps avant de le brusquer de nouveau. Duroy commence par se faire une place dans le journal en ne négligeant aucune occasion d'assurer sa progression. Il faut tenir compte de la relative facilité de ses conquêtes féminines, de la chance et d'une audace que décuple sa soif d'arriver. Dans la seconde partie, Duroy, devenu Du Roy de Cantel, journaliste installé, prend le temps de saisir les occasions qui s'offrent à lui. L'homme d'expérience sait attendre le moment favorable, l'occasion qui lui fera gravir les plus hautes marches de la réussite, à son rythme.

De la même façon on peut découvrir, dans le tableau chronologique ci-contre, des séquences temporelles très inégales en durée. S'il est possible, le plus souvent, de dater les événements importants, certains chapitres s'y refusent.

Chap.	Indications temporelles	Durée	Nombre de pages
I.1.	28 juin 1880	un après-midi	18
I.2.	29 juin 1880	une soirée	16
I.3.	30 juin 1880	une journée	20
I.4.	juillet-août 1880	2 mois	17
I.5.	fin août/déc. 1880	3 mois et demi	43
I.6.	déc.1880/fin janv. 1881	un mois et demi	35
I.7.	février 1881	une journée	22
I.8.	fin février 1881	quelques jours	26
II.1.	avril 1881-mai 1882	13 mois	26
II.2.	mi-mai, juin 1882	un mois et demi	17
II.3.	juillet 1882	plusieurs jours	24
II.4.	28 et 29 juillet 1882	deux journées	16
II.5.	l'automne/un jour d'oct. 1882	quelques jours en octobre	25
II.6.	automne 1882	temps indéterminé	10
II.7.	30 déc. 1882-1er janv. 1883	trois journées	22
II.8.	fin mars/5-6 avril 1883	quelques jours	16
II.9.	juillet 1883	quelques jours	16
II.10.	16 août-20 oct. 1883	deux mois	13

Définir de manière trop minutieuse un calendrier aurait pu gêner la progression de l'histoire. D'où ces notations temporelles exactes ou moins exactes : « On était au 28 juin » (p. 29) ; « le lendemain » (p. 46) ; « Deux mois s'étaient écoulés » (p. 102) ; « Février touchait à sa fin » (p. 202), etc.

LES ÉTAPES DE L'ASCENSION

Si l'on mesure le chemin parcouru par Duroy, on est amené à conclure au caractère irrésistible d'une ascension : le 28 juin 1880, Georges Duroy, perdu dans la foule des promeneurs anonymes, marche sur le Boulevard sans un sou en poche ; le 20 octobre 1883, devenu baron Du Roy de Cantel, il se marie en grande pompe (p. 406 et suivantes), riche à millions, futur député, futur ministre. À ceux qui verraient quelque invraisemblance dans ce parcours, Maupassant a répondu : « C'est par les femmes seules qu'il arrive. [...] Il traverse toutes les spécialités du journal sans s'arrêter, car il monte à la fortune sans s'attarder sur les marches » (*Aux critiques de Bel-Ami,* juin 1885).

Une construction par plans hiérarchisés

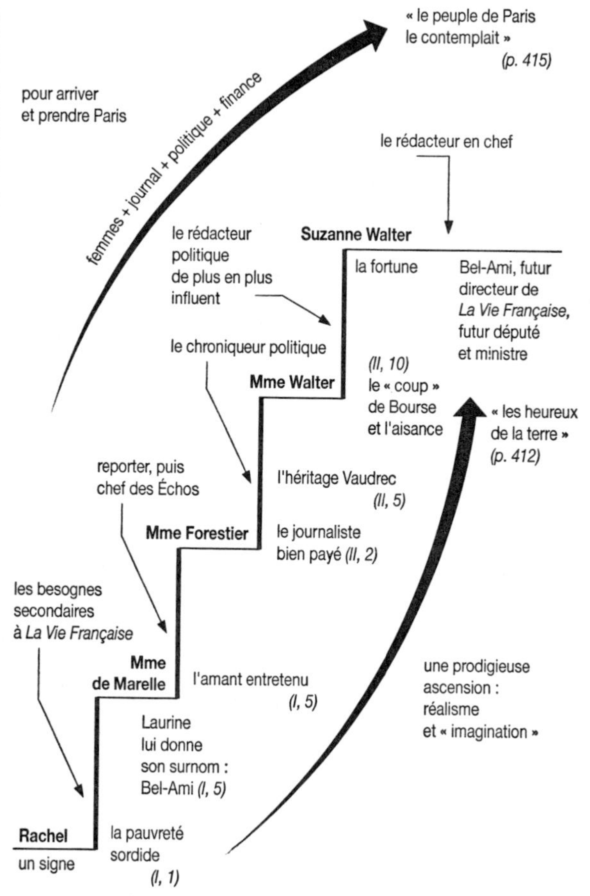

Les progrès sont significatifs : le 30 juin 1880, Duroy est engagé comme reporter bouche-trou à *La Vie Française* ; en décembre, il est devenu chef des Échos ; en avril 1881, il accède au poste de rédacteur en lieu et place de celui qui l'avait lancé ; en juin 1882, il ajoute à ses fonctions de chroniqueur-rédacteur celles de rédacteur politique et voit s'arrondir largement ses fins de mois ; à la fin de l'année, il se trouve en possession d'un bel héritage qu'il complète par un jeu de spéculations juteuses ; en avril 1883, il fait tomber le ministre qui avait voulu l'ignorer, sinon le tromper. Il épouse alors la fille du patron, chargé de gloire, de mérite, de toutes les fortunes.

Un besoin - quasi forcené - d'aller de l'avant, toujours, s'exprime à chaque page, souligné par le héros lui-même ou par ceux qui l'aident à réaliser ses desseins. Tout est ici placé sous le signe du temps qui passe vite et, constamment, s'accélère : « Comme il serait fort, avec elle, et redoutable ! Comme il pourrait aller vite et loin, et sûrement » (I, 8, p. 219).

LE RYTHME DES SAISONS

Mais le temps ne reflète pas toujours la progression fulgurante de l'arriviste. Il est souvent vécu au rythme des saisons et de leurs influences complexes et contrastées.

Au début du roman, Duroy est tenaillé par « une soif chaude, une soif de soir d'été » (p. 31) qui lui fait paraître sa situation plus odieuse encore. Aux chapitres 7 et 8 de cette même partie, Duroy doit faire face à l'imprévu d'un duel absurde alors que le temps s'était remis au froid : il a peur de la mort et cette peur s'accompagne de ce « froid glacial » de l'hiver qui « lui mord [it] la chair de la tête aux pieds » (I, 7, p. 190). Le temps du mariage avec Mme Forestier est celui du printemps, « au commencement de mai » (p. 229) : le départ des nouveaux époux, dans l'allégresse commune, est placé sous l'heureuse complicité « d'un puissant soleil ». Pour le mariage du nouveau « baron » avec Suzanne, l'automne offre ses plus belles couleurs : « un jour clair d'automne », « un flot de soleil » inonde et accompagne la réussite absolue de l'arriviste (p. 407).

Le temps s'inscrit ici, au-delà des indications chiffrées, dans son écoulement poétique, ponctué par les influences saisonnières qui lui donnent, à chaque moment, une couleur différente, gaie, allègre ou triste suivant la situation.

3 Les lieux

PARIS

Une ville fascinante

Paris, la toile de fond du roman, est une ville en pleine prospérité, une ville riche qui exprime bien haut ses appétits de puissance et de jouissance. Les hommes qui modèlent son visage sont des arrivistes sans scrupules. Ils utilisent, pour paraître et s'imposer, tous les trafics et toutes les facilités qu'autorise le règne du plus fort et du plus malin. Maupassant a connu la vie étroite du jeune provincial épris d'indépendance, puis celle de l'écrivain néophyte apprenant durement son métier. Il a rêvé tout haut, comme le héros du conte *Une Soirée* : « Quelle vie on pourrait mener dans cette ville, au milieu des artistes ! Heureux les élus... »[1]

Paris n'a jamais cessé d'exercer une étrange fascination sur les hommes qui y vivent et sur tous ceux qui souhaitent y vivre. Vivre à Paris, c'est un rêve, une revanche, ou un impérieux besoin. Déjà Dorante, le héros du *Menteur* de Corneille, débarque « dedans les Tuileries » et s'enquiert de la meilleure façon de « gouverner les dames » dans une ville où l'air est plus « doux » qu'ailleurs. La tradition ne sera pas perdue et ne fera que prendre plus de force au XVIIIe siècle et au début du XIXe. Paris installera alors, en face de l'Europe inquiète, sa toute-puissance financière, militaire, économique.

Le Paris de Maupassant et celui de Bel-Ami

Paris est une ville dynamique, en pleine expansion, prospère, ambitieuse, traversée des courants de pensée les plus divers.

1. Maupassant, *Contes et Nouvelles,* « Bibliothèque de la Pléiade », éd. Gallimard, t. I, p. 987.

Après la chute du Second Empire (1870), les débuts de la IIIe République vont montrer une nouvelle société, mobile et diverse, en train de se constituer, à l'image de sa capitale. Rues, boulevards, théâtres, restaurants, lieux où l'on vit et travaille, prennent le visage du plaisir, de la facilité, de l'aisance. Il devient facile, grâce aux nouveaux pouvoirs de l'argent, de devenir un « grand » du monde : il suffit de savoir s'enrichir dans les « affaires » – plus ou moins douteuses – et de le montrer. Mais ces pouvoirs sont fragiles tant sont fortes les jalousies et déterminés les concurrents sans scrupules.

Ce Paris-là est nettement dessiné : c'est celui de Bel-Ami devenu Du Roy de Cantel qui oriente ses promenades et ses goûts vers les grandes percées toutes neuves et les nouveaux quartiers parisiens (le boulevard Malesherbes date de 1861, celui des Batignolles existe depuis 1866). Ce Paris de la rive droite, très cloisonné, étale sa richesse à tous les regards.

Bel-Ami est chez lui dans le cœur des affaires et du plaisir, dans ce coin de ville où il fait bon déambuler (le boulevard), se montrer (dans les cafés, dans les théâtres, au restaurant, au Bois de Boulogne), dans ce coin de « village » où les bourgeois riches vivent entre eux.

Maupassant, comme son héros, a connu d'autres quartiers mais il s'en échappera très vite pour gagner le Paris du demi-monde, le Paris de la banque et du journal, le Paris des artistes lové au cœur des 7e, 8e, 9e et 17e arrondissements et la trouée du Bois de Boulogne.

Du boulevard Poissonnière où s'est installé le journal de Walter à la rue Boursault, Duroy fait le même trajet que Maupassant du *Gaulois* à ses premiers appartements du 9e. Et quand Du Roy habitera le Faubourg Saint-Honoré, le romancier se sera déjà installé rue Boccador, dans le même quartier.

Maupassant pourra regarder du côté de la Chambre des députés et fréquenter, dans les grands hôtels particuliers du 17e, une société plus financière qu'aristocratique, chez Madame Cahen d'Anvers, chez Marie Kahn, chez la comtesse Potocka... Il s'encanaille dans les clubs ou les cafés-concerts, dans les rues proches du boulevard. Puis il revient dans le 17e retrouver ses amis : les peintres parisiens Detaille et Roll, Gervex, Raffaëlli et Lhermite.

Une si profonde connaissance de Paris explique la précision du principal décor de *Bel-Ami,* une toile de fond, un cadre, non pas immuable mais divers, changeant au rythme du moment, du temps qui passe, et qui s'éclaire au fur et à mesure de l'ascension progressive du héros.

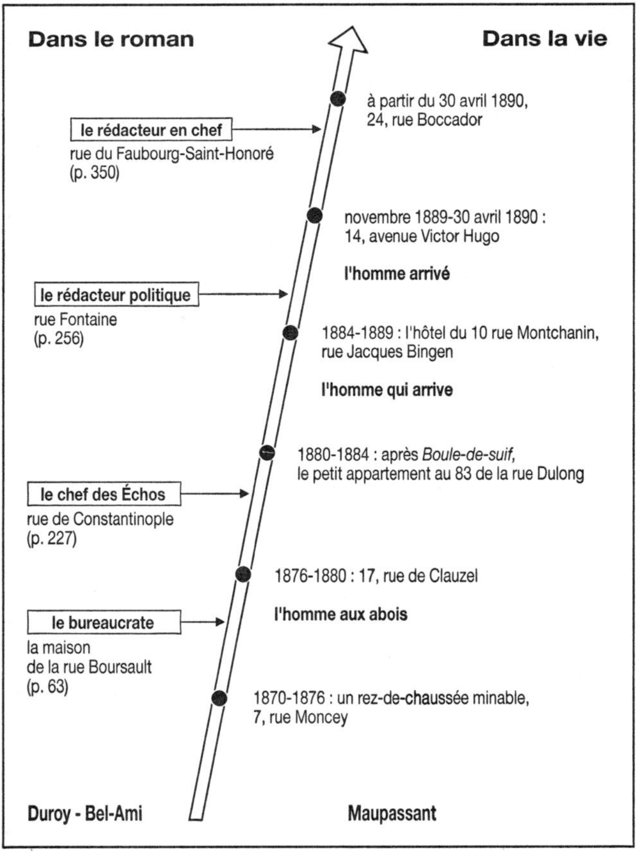

Du Paris de l'extérieur au Paris de l'intérieur

Du Roy-Bel-Ami a découvert les lieux où l'on peut rêver en toute liberté : son même regard surpris pénètre dans chaque maison, dans chaque hôtel où il fait bon vivre. Oubliée la petite chambre qui sent « la misère en garni de Paris » (I, 3, p. 65) avec sa crasse, ses odeurs nauséabondes dans un décor à la Zola de trains bruyants et inquiétants ; c'est bientôt l'appartement de Mme Forestier, son reflet désirable qui « plaisait, mettait autour du corps quelque chose comme une caresse » (I, 3) ; c'est le laisser-aller de l'appartement de Mme de Marelle (I, 5). Quant à l'hôtel des Walter, il a grand air (I, 6) avec ses salons illuminés et ses galeries de tableaux : tout pour l'apparat écrasant du richissime parvenu. C'est la demeure de l'un des « maîtres du monde » en son Faubourg Saint-Honoré avec ses « cinq salons [...] tendus d'étoffes précieuses » (II, 7, p. 354), et « un large jardin d'hiver plein de grands arbres des pays chauds » (II, 7, p. 357).

L'APPEL DE L'AILLEURS

La campagne normande

Elle peuple les souvenirs de l'écrivain qui cède à ses racines (I, 3, p. 66 ; I, 6, p. 158-159 ; I, 7, p. 190), celles de la terre natale évoquée avec un bonheur constant. Comme son héros, « il gardait au cœur un intérêt pour les choses du village, pour les nouvelles des voisins et pour l'état des terres et des récoltes » (I, 6, p. 159).

Lors du voyage de noces des époux Duroy, Maupassant impose sa sensibilité esthétique, son goût d'une nature vivante décrite en tableaux impressionnistes qui s'estompent en saisies instinctives des lumières et des couleurs « sous la caresse pénétrante du soleil » (p. 245). Le lecteur s'enchante de glissements d'impressions, de « reflets », de « taches », d'infusions de « lueurs » qui « s'assombrissent » dans « la mélancolie du soir » et l'angoisse d'un univers tout en « palpitations » secrètes et inquiétantes.

Rouen est évoquée ici en gros plan, avec son peuple de clochers. C'est la ville déjà décrite et aimée par Flaubert avant que les peintres impressionnistes ne soient séduits à leur tour.

Le romancier, ici, l'homme du pays normand, parle plus haut que le narrateur et laisse deviner sa nature de poète.

Le soleil, la Méditerranée

Forestier, de plus en plus malade, a dû venir se réfugier au soleil du Midi : c'est la douloureuse agonie. Maupassant, au-delà des réactions affolées de Duroy, trouve ici l'occasion de décrire l'Estérel en peintre devant son chevalet, en peintre qu'impressionnent les lumières et les formes : « La côte semée de villas descendait jusqu'à la ville qui était couchée le long du rivage en demi-cercle [...] Elles avaient l'air, ces îles, de deux taches vertes, dans l'eau toute bleue » (I, 8, p. 205).

Mais cette infusion de la beauté se colore d'un amer pessimisme et d'une cruelle angoisse du néant. Bel-Ami se sent seul devant une nature splendide mais inquiétante. Il en évoque la magie dans une brutale complicité, sans analyse intellectuelle ou commentaire extérieur.

Quand l'écrivain ajoute son regard à celui de son personnage, il dévoile sa profonde sensibilité aux choses de la nature mais aussi sa peur exacerbée de la mort, et son constat douloureux du non-sens de la vie.

4 Les personnages masculins

LE PERSONNAGE DE DUROY-BEL-AMI

Georges Duroy n'est d'abord qu'un petit sous-officier sans le sou et qui a soif : soif de boire un bock sur le boulevard accablé de chaleur, soif de mener à bien une chasse éperdue vers la richesse et le pouvoir. Il possède quelques atouts maîtres : il est joli garçon et s'en assure à l'occasion devant les miroirs qu'il rencontre ; il a du succès auprès des femmes qui ne lui résistent guère (p. 44), et affiche, avec impudeur, un cynisme impitoyable.

L'une des raisons d'être du personnage est l'envie ou, si l'on préfère, l'ambition : l'envie d'arriver, quels que soient les moyens, l'envie d'être riche et puissant, l'envie de s'égaler à l'autre et même de le dépasser, sur son propre terrain.

Bel-Ami, le chasseur

Vouloir posséder, razzier, – comme le soldat en campagne (I, 1) – c'est bien, mais l'exercice est difficile. Georges Duroy doit tenir compte de ses connaissances qui sont médiocres et de sa veulerie naturelle qui le condamnent à l'envie gratuite et à la rage impuissante. Les prestiges de « sa moustache » frisée (p. 29) ne sauraient suffire à lui assurer le succès. Il faut partir en chasse, avoir la bonne fortune de rencontrer l'ami qui lève les premiers obstacles et précise les impératifs de la réussite : les femmes et le journal.

Le chasseur de femmes brûle les étapes : Rachel, la prostituée, est le signal d'une ouverture facile ; Madame de Marelle est prise à son tour, une femme de la même « race » que le héros, celle des « bohèmes des grandes routes », une maîtresse parfaite. Madame Forestier donne accès à tous les pouvoirs du journal encore qu'elle entende jouer d'égale à égal, de puissance à puissance. Mme Walter, la femme du patron, la « vieille maîtresse acharnée », initie Bel-Ami aux secrets trop bien gardés de la politique et sa fille, Suzanne, est la récompense princière vers la réussite absolue.

Bel-Ami, le conquérant

Il n'y a pas de victoires faciles, il n'y a que des victoires plus au moins chèrement acquises. Celle de Duroy, devenu Du Roy, puis Du Roy de Cantel, bientôt baron, est de celles-là. Maupassant a pris soin de baliser chacune des étapes d'une ascension qui peut sembler aisée mais non sans obstacles. Bel-Ami en sort vainqueur par son obstination, sa volonté d'arriver, la permanence de ses désirs. Le pâle écrivaillon d'hier, le reporter bouche-trou devient un dangereux rédacteur dont la plume muselle les plus forts en utilisant « l'art des sous-entendus perfides, qu'il avait appris en aiguisant des échos » (p. 258-259). Il est devenu un professionnel avisé qui établit ses pouvoirs dans une société minée de l'intérieur, dégradée autant par la vulgarité de ses pratiques que par une médiocrité générale. Tout devient simple pour celui qui « trompe », « exploite », prend « du plaisir et de l'argent partout » (p. 404). Et, de réussite féminine en affaire louche mais juteuse, Bel-Ami s'achemine vers la plus glorieuse des réussites (p. 414). Au demeurant, cette ascension irrésistible est suffisamment dosée pour laisser au caractère le temps de se durcir, aux diverses métamorphoses le temps de s'épanouir dans une durée aussi riche que complexe.

Cet irrésistible mouvement, fortifié par la cupidité porte le héros aux sommets de l'arrivisme. Toute l'importance du pouvoir et de la richesse lui apparaît comme moyen de figurer parmi les puissants de la terre.

Bel-Ami, un homme de son temps

La réussite, dans le cas de Bel-Ami, nous intéresse d'autant qu'elle doit beaucoup au milieu social, moral et politique d'une époque. Ce milieu, Maupassant, le journaliste au *Gaulois,* au *Gil-Blas* – les deux quotidiens les plus importants du moment –, l'a étudié de l'intérieur. Le personnage de Bel-Ami, saisi dans un contexte vivant, devient un type social qui reflète les mœurs, les codes d'une société donnée.

C'est ainsi qu'au travers du regard de l'arriviste, c'est tout un univers, celui de la décadence, qui s'inscrit en clair. Ce Paris nous est révélé avec ses habitudes et ses plaisirs, fortement érotisés. Les « affaires » qui ont marqué la ville, le romancier les a vécues et décrites dans ses articles avant de les restituer dans le roman. Il a suivi de très près les secousses nées du krach de l'Union Générale[1] en 1881-1882 : elles ont enrichi ceux qui jouèrent à la hausse, ces financiers habitués « à voir machiner les coups de bourse », mais elles ont ruiné, au moment de la baisse des actions, ceux « qui ont placé leurs économies sur des fonds garantis par des noms d'hommes honorés, respectés, hommes politiques ou hommes de banque » (p. 325).

Le personnage de Bel-Ami, de la même façon, va s'installer au cœur de la politique coloniale menée par Gambetta et Jules Ferry dans les années 1880, celle d'un gouvernement affairiste, opportuniste.

Bel-Ami et Maupassant

Si Maupassant n'a pas voulu se peindre dans ses moindres détails à chaque page de son roman, force nous est de constater maintes similitudes entre l'écrivain et son personnage.

Bel-Ami pénètre dans la vie sociale comme Maupassant : il se débarrasse de son enfermement de bureaucrate avec quelque fracas puis connaît les douleurs de la feuille blanche quand « rien ne vient » (p. 69). Il va progresser cependant à pas de géant et devenir « un rédacteur politique adroit et perspicace » (p. 179). Sa plume, comme celle de son créateur, sera appréciée et ses articles se vendront cher, très cher.

La réussite de Bel-Ami ressemble à celle de Maupassant, avec des moyens semblables : journaliste, il accélère sa promotion sociale ; amateur de femmes et parfait séducteur, il sait les utiliser à son profit suivant une progression calculée. La même ambition les anime.

---

1. Au mois de juin 1878, un banquier du nom de Bontoux crée l'Union Générale avec les économies des milieux catholiques. C'était se dresser contre la grande banque Rothschild, protestante, juive et républicaine. Bontoux d'abord triomphe et voit ses actions prospérer à une cadence accélérée qui inquiète la banque concurrente et le gouvernement lui-même. Les Rothschild se portent alors acquéreurs de quantités considérables d'actions Bontoux. Au moment où les titres flambent – 125F au départ, 3200F à la veille du krach, – les Rothschild jettent leurs actions sur le marché : les cours s'effondrent et Bontoux doit cesser ses paiements.

Duroy devient tout à fait Maupassant quand il tente d'écrire ses articles sur l'Algérie, quand il rejoint Mme Forestier à Cannes et qu'il décrit les inquiétantes beautés de l'Estérel (p. 205) et, plus tard, lorsqu'il emmène sa femme dans une Normandie familière (p. 245). Il l'est plus encore quand la peur l'envahit au spectacle de l'agonie de Forestier ou que le double[2], fantôme halluciné, le terrorise : « Quand il aperçut son visage reflété dans le verre poli, il se reconnut à peine, et il lui sembla qu'il ne s'était jamais vu » (I, 7, p. 189).

LE PERSONNAGE DE FORESTIER

Un professeur d'arrivisme

Forestier, fort de sa situation bien assise au journal auprès du directeur - le pontifiant M. Walter -, se révèle d'abord comme un excellent maître, plein d'expérience. Ses conseils sont si sûrs, si absolus, qu'ils s'expriment en forme de proverbes : « Tout dépend de l'aplomb, ici [...] Il faut s'imposer et non pas demander » (I, 1, p. 35) ; « Ça n'est pas difficile de passer pour fort, va ; le tout est de ne pas se faire pincer en flagrant délit d'ignorance » (I, 1, p. 36) ; « il vaudrait mieux n'avoir pas de lit que pas d'habit » (I, 1, p. 39) ; « C'est encore par elles [les femmes] qu'on arrive le plus vite » (I, 1, p. 45).

De telles maximes de bon sens appellent leur réciproque. Forestier, qui voit juste et vite, a reconnu en Duroy un physique avantageux et un succès assuré en toutes matières. Et d'abord auprès des femmes : « Il faut soigner ça », dit-il, sentencieux toujours : « Ça peut te mener loin » (I, 1, p. 45). Ces conseils vont constituer une brillante et prémonitoire exposition.

Une force en déclin

D'abord présenté comme une force tranquille, sûre d'elle-même et de ses oracles, le personnage va montrer très vite ses limites : celles d'une santé qui l'inquiète (« j'ai une poitrine de papier mâché [...] je

2. Le double, c'est l'autre en soi. C'est un reflet de nous-même, d'abord impalpable, puis un être qui prend forme, se matérialise, existe. C'est le « sombre portrait vêtu de noir » des *Nuits* de Musset.

tousse six mois sur douze », I, 1, p. 34) ; celles d'un caractère qui s'aigrit rapidement et celles d'un journaliste qui doit tout à sa femme. Saint-Potin, « un excellent reporter », avec ce franc-parler cruel qui caractérise le personnage, a tranché : « Quant à celui-là, il a de la chance d'avoir épousé sa femme, voilà tout » (I, 4, p. 92). Tatillon, sans envergure véritable, secondé par des marionnettes indociles, il est l'image d'une presse d'apparat, de clinquant, de poudre aux yeux. *La Vie Française* n'est qu'un bazar hétéroclite, cérémonieux à l'entrée, négligé à l'intérieur.

Comme Bel-Ami, Forestier évoque certain journalisme de l'époque, inféodé à l'argent et à la réclame, avec ses figures de proue : Scholl, Maizeroy, Mendès et quelques autres.

La mort en marche

Forestier, comme Maupassant, porte en lui ses ambiguïtés : la force et le doute, l'optimisme et le pessimisme, l'ivresse de la réussite et la peur de la mort. Ces traits de caractère sont garants d'une richesse certaine qui s'estompe dans le cas de Forestier, victime des mauvaises habitudes contractées dans un journal « tarte à la crème et boutique à treize » (p. 91) où l'on trouve de tout, pour tous les goûts, des idées pour tous les mondes. Mais on y chercherait en vain une pensée politique profonde, suivie, un réel désir d'informer le lecteur. Il est vrai qu'en ces domaines, Forestier, de plus en plus malade, laisse aller les événements et se contente de témoignages de seconde main, ceux que lui procure, non sans astuce, Saint-Potin (p. 90 et suivantes).

Un mariage fructueux mais sans amour, une certaine grossièreté physique et morale de jouisseur impénitent, contribuent à son retrait au profit de sa femme. Il en conçoit de l'irritation, sachant trop bien ce qui se dit derrière son dos (p. 92).

Bientôt la peur de la mort – celle qu'a si longuement connue Maupassant – va participer de plus en plus sournoisement à la vie de Forestier. Il la sent proche, comme Duroy en ses moments de panique. Des pages cruelles (p. 212 et suivantes) décriront le dernier combat, la douloureuse agonie : « Sauve-moi [...] ma chérie... Je ne veux pas mourir... je ne veux pas mourir... Oh ! sauve-moi... » (p. 215).

Dans un climat de finitude – fin de jour, beauté du soleil couchant et signes contenus dans ce « rouge sanglant et doré » du ciel (p. 205) –, Forestier assiste, impuissant, à sa mort annoncée. Sans forces – « un geste fébrile et faible qui aurait voulu être un coup de poing » (p. 205-206) –, il ne pourra que crier son amertume, sa révolte, ses terribles regrets (p. 207). La fin de Forestier est un instantané pathétique de l'absurdité de toute existence injustement vouée au néant.

Homme d'expérience – Duroy profitera de ses meilleures leçons –, Forestier reste un faire-valoir, une marionnette dont la femme tire les ficelles, un homme malade qui n'aura su s'attribuer que des parcelles de pouvoir. Son mérite principal aura été de révéler à Bel-Ami la route de la réussite.

LE PÈRE WALTER

C'est le patron d'un journal corrompu, assoiffé de puissance politique et d'argent facilement gagné, sinon escroqué (II, 7). Toutes les occasions sont bonnes pour faire de juteuses « affaires » (p. 325), au prix de combinaisons machiavéliques. Saint-Potin, l'impudent reporter, le décrit : « Le patron ? Un vrai juif ! [...] Son journal [...] n'a été fondé que pour soutenir ses opérations de bourse et ses entreprises de toute sorte. Pour ça, il est très fort, et il gagne des millions au moyen de sociétés qui n'ont pas quatre sous de capital... » (p. 91). Il a sa « bande », « une demi-douzaine de députés intéressés dans toutes les spéculations que lançait ou que soutenait le directeur » (p. 156).

Ce personnage de tripoteur qui exploite tout le monde peut jouer la comédie de la morale et de l'honneur bafoués quand un de ses journalistes est attaqué par un journal adverse (I, 7).

Obsédé par l'argent et le profit, il peut aussi se montrer plus vaniteux que ses modèles, un Arthur Meyer, directeur au *Gaulois,* un Dumont, directeur au *Gil-Blas.* Comme ce dernier, exposant sa collection dans les salons de son journal, il dit alors : « J'achète des jeunes en ce moment, des tout jeunes, et je les mets en réserve [...] en attendant le moment où les auteurs seront célèbres » (p. 163).

Sans rien connaître de la peinture, il joue les mécènes protecteurs d'un Art qu'il ignore tout en spéculant sur les avantages à en tirer, pour demain. C'est bien un malin qui « roule tout le monde », un gredin qui a le mérite d'accepter, en Bel-Ami, un gredin plus fort que lui « C'est un homme d'avenir. Il sera député et ministre » (p. 398).

LAROCHE-MATHIEU

Le personnage, sous des aspects falots et médiocres, est de toutes les compromissions, de toutes les intrigues boursières et de tous les scandales. Maupassant fait un portrait à peine caricatural de ce député : « homme politique à plusieurs faces, sans convictions, sans grands moyens [...] nature douteuse » (I, 2, p. 260-261), mais qui jouit d'une « autorité spéciale provenant d'une grande influence sur la Chambre » (p. 160).

C'est le type du politicien sans consistance, lui aussi tout dévoué aux puissances financières. Maupassant se plaît à le rabaisser d'un mot : « *assez* soigné, *assez* correct, *assez* familier, *assez* aimable pour réussir » (II, 2, p. 261). Il se présente, au demeurant, comme un personnage qui sait s'adapter aux circonstances du moment, un opportuniste qui deviendra ministre, cajolé par Mme Forestier : elle a préparé sa carrière dans la presse avant qu'il ne devienne son amant.

Au fond, Laroche-Mathieu est un pantin sans envergure, un jouet entre les mains de Walter et de Madeleine, un maladroit qui tombera dans le piège du délit d'adultère tendu par plus malin que lui (p. 378 et suivantes).

NORBERT DE VARENNE... ET LES AUTRES

Les personnages de journalistes secondaires apparaissent dès le début du roman : l'élégance de Rival et le négligé de Norbert de Varenne (I, 2), l'aisance du premier nommé et la gaucherie du second (p. 62). Peu à peu, on apprend que Saint-Potin, habile au bilboquet (voir note 1, p. 64) et aux jeux de l'épate, est un malin qui a la langue bien pendue (p. 92). Il juge les autres sans indulgence : Norbert de Varenne, le poète, est un «vieux raté » ; Rival, l'homme d'épée, « une resucée de Fervacques » ou plutôt, d'après le manuscrit, du peu reluisant Aurélien Scholl. Et comme « l'excellent reporter » (p. 90) n'est pas avare d'images, il précise sa pensée : Norbert de Varenne est une « antique bedole », c'est-à-dire une sorte de vieille chose qui a trop servi, et Rival, un « Don Quichotte » (p. 91). Ainsi, il y a ceux qui, par leur prestance et leur savoir-faire, sont dans la ligne du directeur affairiste et ceux qui, comme Varenne ou Boisrenard, ont trop d'honnêteté et manquent de « maîtrise et de chic », de cette « rouerie native qu'il fallait pour pressentir chaque jour les idées secrètes du patron » (p. 155).

Tous pèchent par excès ou par défaut : ils ne savent pas, comme Bel-Ami, trouver le juste équilibre, celui qui mène à la réussite absolue.

À ce jeu, Norbert de Varenne, qui administre au bouillant Duroy un grave sermon sur la mort, la peur de vieillir et la dégradation des êtres, est le plus marginal. Mais c'est alors Maupassant qui dit ses obsessions (p. 168 et suivantes).

5 Les personnages féminins

Les chroniques de Maupassant, les contes et les romans disent et répètent la préoccupation de l'écrivain pour la femme, son besoin de la femme : *Bel-Ami* n'en est que la remarquable illustration, la plus riche sans doute. Cinq femmes – dont une femme-enfant – lui font la courte échelle pour faciliter une ascension triomphale. Quatre d'entre elles vont se trouver réunies autour d'un premier dîner (I, 2, p. 47 et suivantes) qui impose, de façon prémonitoire, le succès à venir du personnage.

Il y a là Laurine, la fillette de Mme de Marelle qui apprécie « l'amabilité » du jeune homme, Mme de Marelle qui coule vers son voisin de table « un de ces clairs regards de femme qui pénètrent jusqu'au cœur », Mme Forestier qui couvre Duroy « d'un regard protecteur [...] qui semblait dire : Toi, tu arriveras », et Mme Walter, émue, qui sollicite du futur journaliste un premier article. La partie est déjà gagnée et l'apprenti-arriviste a remporté, sans peine, une première bataille : il est « gris de triomphe » (I, 2, p. 57).

La réussite de Georges Duroy est ainsi tracée : il devra tout aux femmes. C'est la leçon, celle de Maupassant, que précise Forestier, estimant à sa juste valeur le succès de son ami face à Rachel, la prostituée des Folies-Bergère : « Dis donc, mon vieux, sais-tu que tu as vraiment du succès auprès des femmes ? Il faut soigner ça. Ça peut te mener loin [...] C'est encore par elles qu'on arrive le plus vite » (I, 1, p. 45)[1].

1. Cf. p. 48

RACHEL

Elle fait partie du bataillon des femmes faciles, expertes en l'art d'aimer, que Maizeroy (cf. p. 00) décrivait dans son roman préfacé par Maupassant, *Celles qui osent.*

Oser lui est facile : c'est son métier. Elle l'accomplit par habitude et selon les plus mauvaises recettes en usage dans la profession : vulgarité dans la tenue, grossièreté dans le langage (p. 141), absence de tout scrupule moral et social. Elle est à l'image d'une époque et plus encore d'un quartier, d'un lieu – les Folies-Bergère – où le plaisir s'achète comme une marchandise (p. 46).

MADAME DE MARELLE

Ce qui frappe d'abord dans le portrait de Mme de Marelle, c'est une « gorge ronde » qui séduit l'homme à femmes, une main qui se pose « sur son bras » et le trouble. Plus tard, elle se présente en robe « qui moulait sa taille, ses hanches, sa gorge, ses bras d'une façon provocante et coquette » (p. 108) ; elle s'offre à Duroy qui « se jeta sur elle, cherchant la bouche avec ses lèvres et la chair nue avec ses mains » (p. 116). Victoire facile pour l'homme, transporté de joie, et qui pourra désormais compter sur la permanence d'un désir jamais assouvi.

Une charmante maîtresse

Cette brutalité de la pulsion amoureuse chez la bourgeoise mal mariée – un statut commun à beaucoup de femmes du temps – se nuance de quelques traits de caractère sympathiques : un « esprit drôle, gentil, inattendu [...] un scepticisme léger et bienveillant » (I, 2), une « élégance soignée et raffinée » (I, 5), une générosité qui n'est guère payée de retour (I, 5, p. 137 et sv.).

Elle se montre bohème, sans doute, amorale, sûrement, mais point vulgaire. Maupassant a beaucoup de sympathie pour ce personnage « semant en chaque phrase cet esprit facile » qui tempère avec bonheur son « audace naturelle » (p. 114). Il n'a rien négligé pour lui donner relief et complexité, tant il est vrai que Mme de Marelle est beaucoup mieux qu'une maîtresse sensuelle, avide des seuls plaisirs de la chair et de la perversité. Dans un milieu dépravé, dur aux faibles et aux maladroits, elle utilise avec virtuosité les armes d'un pouvoir qu'elle sait grand.

Jolie plutôt que belle, avenante et gaie, elle possède le charme, la fantaisie et le mystère. Il y a en elle un curieux mélange d'expérience et de naïveté, d'entrain primesautier et de bon sens grave qui plaît aux hommes et les attire. Cette femme vit en marge, reçoit ses amis au restaurant et conduit son destin dans le sens d'une liberté totale. Point de vie de famille – c'est la marque du temps –, mais, dans les limites d'un caractère tout entier « nature », une ardeur, une complaisance pour l'être aimé qui ne laissent pas d'étonner et de confondre. À côté des froids calculs de l'arriviste, de son cynisme, Mme de Marelle se montre sincère, d'une grande franchise, toujours tendre, affectueuse, passionnée.

On peut lui reprocher de rester fidèle à un personnage souvent méprisable mais elle réussit ce miracle, par la seule puissance de son amour et de sa féminité, de transformer l'homme, peu à peu. À son contact, Bel-Ami apprend son métier, perd sa raideur paysanne, découvre le prix de l'inspiration débridée ou simplement drôle si bien que ce qui n'était qu'attachement sensuel, devient, à son insu, amour plus sincère (p. 274).

Rien d'étonnant, dès lors, à ce que la dernière vision du roman, à côté du rêve de gloire triomphante de l'arriviste, impose l'image de cette gentille maîtresse « rajustant en face de la glace les petits cheveux frisés de ses tempes, toujours défaits au sortir du lit » (p. 415).

Une indulgente maîtresse

Cette éducatrice sentimentale renvoie au type de la femme ordinaire qui sait aimer (I, 5, p. 135), qui peut souffrir (I, 5, p. 141), qui veut pardonner, « l'œil plein de gaieté et d'affection » (I, 6, p. 164), et pardonner encore (II, 3, p. 276 ; II,10, p. 415).

Cette indulgente maîtresse, ivre de toutes les libertés, a su, comme lady Arabelle[2], mettre du poivre, du piment pour la « peinture du cœur ».

---

2. Personnage du *Lys dans la vallée* de Balzac.

Elle a su contenter « les instincts, les organes, les appétits, les vices et les vertus de la matière subtile dont nous sommes faits[3] ». Ce n'est pas une maîtresse de race, compliquée et hautaine, mais une femme qui veut vivre, profiter de tous les plaisirs que la société permet. Elle veut aimer de toute la force d'une passion qui s'exacerbe dans les difficultés mille fois répétées, mille fois vaincues.

Maupassant, qui a pris grand plaisir à peindre le personnage, avec sa mutinerie et sa gouaille bien parisienne, a composé le portrait de la femme selon son cœur. C'est là une de ces « gamines » qui gravitait autour de la réputation naissante de l'écrivain. Est-ce Clémence Brun, la tendre amie d'Étretat, qui veillait scrupuleusement sur l'œuvre et sur l'homme ? Mme Lecomte du Nouy, complice de maintes « escapades » dans des caboulots populaires ou l'une de ces mystérieuses inspiratrices, maîtresses du corps et de l'esprit ? C'est une femme du temps, en tout cas, une autre espèce de femmes parmi « celles qui osent ». Digne émule de son amie Madeleine, elle entend revendiquer une totale liberté de mœurs qui étonne et trouble Bel-Ami : « Non, j'aime mieux ne pas faire la connaissance de ton mari. Elle insista, fort étonnée [...] Mais pourquoi ? quelle drôle de chose ? Ça arrive tous les jours, ça ! » (I, 6, p. 175).

MADAME FORESTIER

Mme Forestier dessine le personnage le plus moderne du roman : une femme qui attire, fascine, donne sans donner, pleine d'un mystère savamment entretenu par le romancier.

Une intrigante de haut vol

Bel-Ami, Mme de Marelle, Mme Forestier sont des « pirates modernes », des produits d'une même « race » que sépare le degré de culture et d'intelligence mais qui se reconnaissent d'instinct.

Madeleine Forestier n'est d'abord qu'une femme un peu plus indépendante que les autres et qui déconcerte (I, 2). Séduisante, elle a de la grâce et une distinction qui étonne (I, 3, p. 77). Peu à peu, elle

3. *Le lys dans la vallée,* éd. Gallimard, « Bibliothèque de la Pléiade », VIII, p. 948.

montrera une aisance incomparable, une autorité souveraine (I, 3, p. 72 et suivantes) et toujours ce même goût du secret qui tient les autres à distance. Qui est ce comte de Vaudrec entrevu par Duroy en un si mauvais moment ? (I, 3, p. 77). Son amant, sans doute, mais, plus encore, un homme instruit en politique et dont elle se sert. Bientôt, Bel-Ami aura devant lui une femme de tête, dictant ses conditions et traçant la route. Elle traverse les situations les plus pénibles sans se départir d'un calme et d'un sourire où la supériorité intellectuelle se teinte d'une ironie qui peut se montrer féroce (II, 4, p. 308 ; II, 5, p. 314 ; II, 8, p. 381).

Quelques moments de laisser-aller amoureux (I, 6, p. 148 ; I, 8, p. 203, p. 210) n'effacent pas la femme supérieure, la politicienne. Madeleine Forestier use de « sa cuirasse de charme et de grâce » pour obtenir les faveurs de ceux, parmi les plus puissants, qui serviront son ambition politique, sa réussite : Vaudrec, l'ami dévoué, lui laisse sa fortune ; Laroche-Mathieu, amant passager, lui permet d'amener dans son salon tous ceux qui touchent, de près ou de loin, à la vie politique de la nation. Mme Forestier est à l'image d'une société qui aime paraître et jouer, quand seuls comptent les résultats (p. 257, 289, 336). Du Roy, jaloux, admire et fait siennes les dures leçons de la femme « politicienne ».

Mme Forestier vit ainsi en complète harmonie avec un milieu qu'elle connaît et domine de tout le poids de sa distinction intellectuelle et de sa finesse politique. À ses côtés, Duroy, un peu trop rapidement devenu Du Roy de Cantel, n'est qu'un bon élève, encore mal dégrossi, et qui piaffe.

Féminin... Masculin...

Madeleine a posé ses conditions (I, 6). Elle s'y tient (I, 8, p. 224 et suivantes) et règle avec une sûreté d'homme d'affaires tous les détails financiers du ménage (p. 240). Imposant la tutelle de Laroche-Mathieu (p. 257), elle traite par le mépris cinglant les jalousies d'un mari maladroit et mesquin (p. 268, 289, 336) et par la dérision le constat d'adultère voulu par Du Roy (II, 8).

Si l'arriviste triomphe en conquérant heureux au terme d'une ascension qu'il doit aux femmes et d'abord à Madame Forestier, le doute subsiste. L'homme a-t-il vraiment gagné son combat contre l'intelligence, la rouerie, le savoir-faire et les ressources cachées de la femme supérieure ? Elle a su dicter, concevoir, guider l'homme par une présence cachée mais déterminante.

Clotilde de Marelle et Madeleine Forestier ont su revendiquer leur aspiration à la liberté et au pouvoir. Leur féminité, toute moderne, en impose à Bel-Ami sur les deux plans où il se croit omnipotent : la réussite personnelle et le désir.

Le règne des femmes politiciennes est conforté, celui de ces femmes tenant salon et jouant un rôle important en politique. En 1884, la marquise de Païva, comtesse de Donnersmarck, reine du Paris sous le Second Empire et sous les débuts de la République, meurt. Maupassant s'intéresse de fort près à l'histoire fabuleuse de cette femme arrivée par les hommes qui crut pouvoir faire se rencontrer Gambetta et Bismarck. En 1885, moins d'un an plus tard, paraît *Bel-Ami,* l'histoire de l'homme qui arrive par les femmes !

Dans une de ses chroniques, Maupassant raconte l'histoire de Léonie Léon, mystérieuse maîtresse à écrire et à penser de Gambetta. Il fréquente Madame Adam et son salon républicain, la princesse Mathilde, reine d'un salon libéral et littéraire et déplore l'influence grandissante des femmes en politique. Selon l'écrivain, cette place est tenue par les hommes, de toute éternité.

MADAME WALTER

La « vieille maîtresse acharnée » : une victime

Bourgeoise sans espoir, elle s'est momifiée dans l'ombre d'un mari qu'elle n'aime pas et qui la méprise. C'est une proie facile pour Bel-Ami qui entend s'offrir – sans précautions inutiles – la femme du patron malgré sa réputation de femme honnête qu'on ne « chasse pas ». Madeleine avait prévenu l'homme : une femme « sage en tout, modérée et raisonnable [...] de la bonté, du dévouement, et une bienveillance tranquille » (p. 152). Pour une fois, Madeleine s'est trompée et Bel-Ami réussira à ravager cet « esprit aligné comme un jardin français » (p. 152).

Obsédé de désir et de puissance, Bel-Ami poursuit une quête que rien ne doit distraire. Mme Walter se trouve sur son chemin, elle sera sa maîtresse. Ce faisant, l'homme saura négliger le côté grotesque d'une passion qui se dégrade très vite, d'un personnage dont il souligne les naïvetés (II, 3), les petitesses sociales (II, 4), l'inexpérience amoureuse (II, 5) qu'elle traduit par des lettres « niaisement folles » et des mots d'amour plus fous encore (II, 5, p. 318).

Meurtrie, déchirée, aux bornes de la démence, elle ne pourra parer les coups qui achèvent de l'anéantir quand Bel-Ami a décidé de se marier avec sa fille : elle n'échappe pas à une démesure où le ridicule se fait grinçant. La passion ici sombre dans tous les excès qui dévalorisent un sentiment aux yeux d'un homme fort et sans scrupules.

Une femme utile

Cependant, Mme Walter peut révéler des qualités de finesse, de savoir-faire en femme de financier, heureuse de son adresse (p. 325). Elle a su donner confiance à Duroy, au départ : « Vous feriez avec vos souvenirs une charmante série d'articles » (p. 56). Le charme a joué : elle fera de Duroy, le petit reporter, un redoutable chef des Échos (p. 154).

Et quand il s'agit de sauver son amour – « quand on aime, on devient rusée » (p. 325) – Mme Walter découvre mensonges et supercheries qui permettront à Bel-Ami de passer pour plus « fort » que Walter et Laroche-Mathieu. Elle parle alors avec une belle autorité : « Ils l'ont racheté [...] Ils ont roulé même les Rothschild [...] Ça a tranquillisé la grande banque. Et puis maintenant on va faire l'expédition, et dès que nous serons là-bas, l'État français garantira la dette » (p. 325-326). Ce personnage passif, affolé, se montre alors capable d'intelligence politique même s'il reste inachevé, fabriqué pour illustrer quelques-uns des ressorts de l'action : la vanité des « mots d'amour », la respectabilité bourgeoise, la collusion des affairistes et des hommes de gouvernement.

SUZANNE WALTER

La critique ne s'est pas montrée tendre pour Suzanne Walter et ses modèles aperçus dans deux contes : *Yveline Samoris* et *Yvette.* Ce sont de « jolies poupées de luxe » (p. 273) fragiles et inconsistantes, des victimes qui font de l'amour une caricature naïve et imparfaite à force de fausseté.

Victime, Suzanne n'est d'abord qu'un jeu pour Du Roy qui s'amuse de sa fraîcheur et de son insouciance (II, 7). Puis le jeu devient « enjeu » (p. 359) quand M. de Marelle, inconsciemment, fait observer que Suzanne aura de « 20 à 30 millions à dépenser ». Son destin désormais est scellé : prise dans les filets de l'arriviste, elle l'épousera.

L'adolescente romanesque qui a vécu dans un milieu pourri n'est pas armée pour réagir. La vie bourgeoise l'a enfermée dans ses rêveries, dans ses poétiques fictions vécues comme d'heureux mensonges. C'est une jeune fille au cœur tout neuf, sans défense, avec sa fantaisie et sa fragilité. Elle inspire, à ce titre, le respect, même au gredin qui se joue de son inexpérience : « Georges prit une main de la jeune fille et se mit à la baiser, lentement, avec respect. Il ne savait que lui raconter, n'étant guère accoutumé aux tendresses platoniques » (p. 394).

Maupassant, avec ce personnage, a sans doute voulu réserver un coin d'illusion dans un monde frelaté, gangrené par des fripons. À la limite, Suzanne est une plante de serre, trop longtemps confinée, qui ne demande qu'à vivre à l'air libre.

LAURINE, LA FEMME-ENFANT

Maupassant, enfant d'une famille désunie, a toujours refoulé ses sentiments véritables. La hantise de la famille, de l'enfant, cette joie du foyer, parcourt l'œuvre de bout en bout, la colorant de sarcasme ou d'amertume. Laurine, charmante fillette, volontaire et déjà indépendante, est un être déraciné qui sent obscurément le mal qui ronge le milieu où elle vit. Elle se contente d'exister entre une mère qui n'a pas grand-chose à donner, sinon l'image d'une existence paresseuse et amorale, et un père sans caractère, prêt à tous les abandons, par faiblesse et lâcheté.

Survient Duroy, l'« ensorceleur » (p. 107) et son monde est transfiguré. Elle est séduite et, spontanément, elle trouve son nom (« Ah ! Bel-Ami ») et l'entrain, la joie qui lui manquaient.

Laurine n'est pas un personnage de second plan, une apparition inutile. « Avec son air grave de grande personne » (p. 105) et son innocence de fillette, elle ressent plus durement que les autres femmes un attachement véritable pour le séducteur. Elle l'observe, surveille ses relations avec sa mère et sent monter en elle un sentiment de trouble qui la paralyse. Elle veut oublier ce Bel-Ami qui bientôt ne mérite plus son nom et quand sa mère s'étonne, elle « rougit, comme si on venait de [...] révéler une chose qu'on ne devait pas dire » (p. 176-177). Sa mère pardonne au séducteur pressé mais Laurine lui tourne le dos avec « une [...] allure de femme outragée » (p. 276). « Je crois vraiment qu'elle est jalouse », suggère Clotilde de Marelle sans mesurer la profondeur du dédain de la fillette amoureuse.

Ce visage de l'innocence bafouée est une image douloureuse et belle, l'une de celles qui adoucissent les sombres couleurs du roman. Laurine a donné son nom triomphant au séducteur pour qu'il en fasse bon usage. Trompée – comme les autres femmes –, elle a le beau courage de condamner, à sa manière, toute d'élégance, celui qui ne s'en montre pas digne.

6 Les thèmes

L'ARGENT ET LA RÉUSSITE

Bel-Ami est le roman d'un ambitieux qui réussit, par tous les moyens. La réussite est son obsession, son guide, une sorte d'absolu, tout au long d'un parcours placé sous le signe de la force tranquille et sûre d'elle-même. Les facteurs de cette réussite sont bien connus : les femmes et l'argent. Maupassant s'est servi de ces leviers avec une diabolique insolence.

Réussir est un combat qu'il faut gagner et *Bel-Ami* se présente d'abord comme un roman qui précise les réalités économiques d'une époque en même temps que l'évolution chiffrée d'une réussite. Le lecteur sait qu'un employé à 1 500 F par an ne peut « s'en tirer » (p. 35) et qu'un rédacteur à *La Vie Française* gagne 500 F par mois. Cette somme se révèle très insuffisante pour Duroy qui estime à 30 F par jour, soit 900 F par mois, le minimum indispensable pour vivre bien à Paris sans compter les dépenses d'« habillement, de chaussure, de linge, de blanchissage » (p. 131).

Bel-Ami doit se décider à emprunter : « Il était d'une humeur de chien enragé » (p. 137). Il accepte alors les largesses de Mme de Marelle.

Cette obsession du calcul chiffré renvoie à la toute-puissance de l'argent, seul producteur de plaisir, seul intermédiaire rendant possible le désir.

L'argent de Bel-Ami n'est pas celui d'un avare comme Harpagon ou Grandet ; il n'est pas accumulé avec passion, il passe, il coule, il disparaît aussitôt que gagné. Les femmes – celles par lesquelles on arrive – viennent à point nommé pour aider financièrement le séducteur. Il y aura les louis d'or de Mme de Marelle, l'héritage de Mme Forestier, le mariage avec Suzanne Walter (cf. schéma).

Un parcours triomphant

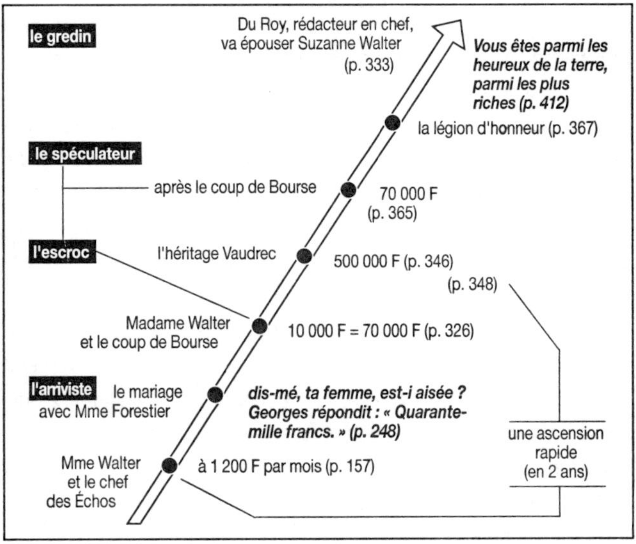

LA PRESSE

De la petite presse décrite par Balzac à la grande décrite par Maupassant il y a une évolution qui est une révolution. Un chroniqueur, c'est désormais un homme de presse qui a mené à bien ses apprentissages et se trouve d'autant plus à l'aise pour donner au journal sa dimension véritable.

D'abord simple bouche-trou qui quémande la publication d'un poème ou d'un bout d'article, Maupassant est devenu le grand reporter qui meuble la Une des grands journaux du temps : *Le Gaulois, Le Gil-Blas, Le Figaro.* Envoyé spécial sur les théâtres d'opérations coloniales en Algérie, il pourra, sous son nom ou sous des pseudonymes, faire le journal à lui seul pendant plusieurs semaines en 1881 : il aura ainsi acquis renommée, puissance et une liberté quasi totale d'expression.

Ayant tout vu, tout découvert, tout compris, Bel-Ami, à son tour, sait que le journal est la force première d'un régime, quel qu'il soit. Et ce journal, dans le roman, c'est *La Vie Française.*

Les rouages du journal

Un journal doit ses premiers pouvoirs à l'image extérieure qu'il présente, au paraître, au savoir-faire des journalistes qui pratiquent habilement le chantage dont ils menacent leurs adversaires. S'imposent, d'abord, une mise en scène efficace et l'aptitude à se compromettre avec le pouvoir. C'est ainsi que Duroy, lors de sa première visite à *La Vie Française,* pénètre dans l'escalier-réclame (I, 3, p. 78), est introduit dans une salle de rédaction et dans un bureau directorial étonnants. Dans cette caverne d'Ali-Baba, les journalistes et leur Directeur se livrent à leurs passe-temps favoris : le bilboquet [1] et la partie d'écarté [2] (I, 3, p. 79-80) ! Mais la mise en scène est si parfaite qu'elle en « impose aux visiteurs ». Au cœur de la machine, Duroy apprend que ce Directeur est « un faiseur », expert en prestidigitations journalistiques, comme ses subalternes. Le plus doué, c'est Saint-Potin qui a l'art de resservir toujours le même plat sous des titres différents et de s'abreuver aux sources proches des concierges de l'Hôtel Bristol et du Continental (p. 93).

« La moelle du journal », ce sont les Échos : « C'est par eux qu'on lance les nouvelles, qu'on fait courir les bruits, qu'on agit sur le public et sur la rente » (I, 6, p. 155). On y apprend le mensonge et la médisance (I, 6, p. 155). Le chef des Échos – Duroy dans le roman – s'impose comme le levier créateur et destructeur, celui qui devine « ce qui portera sur le public », celui qui s'arrange pour que « l'effet en soit multiplié ». Tout ici est combinaison, manipulation supérieure et Bel-Ami, ce Scapin [3] du journalisme, peut montrer l'étendue de son savoir-faire.

La presse toute-puissante

Force reconnue dans ses fonctions ordinaires, la presse devient toute-puissante lorsqu'elle se fait complice de la politique. Balzac

1. C'est un jouet composé d'un bâton pointu relié par une cordelette à une boule percée d'un trou. Le jeu consiste à enfiler la boule sur l'extrémité du bâton.
2. Dans cette partie de cartes, les joueurs ont la possibilité d' « écarter » certaines de leurs cartes. Le gagnant est celui qui s'est débarrassé le plus rapidement de son jeu.
3. Scapin : le valet et intrigant de la Comédie Italienne (cf. *Les fourberies de Scapin* de Molière).

avait illustré le développement de ces nouveaux pouvoirs, de cette nouvelle image d'une presse qui renvoie à la représentation d'une société dégradée. Les journalistes ne travaillent pas dans la clarté de lieux connus et fixes. Ils s'affairent en des repaires fugitifs que sont les cafés, les restaurants, les salons, les couloirs et les antichambres mystérieuses.

Par ses qualités de culot et de roublardise, par le secret dont il entoure sa fonction, Duroy déconcerte son public, le manie plus facilement et devient l'un des rouages essentiels d'une presse issue d'une société dont il est l'image.

La force d'un Walter, sa réussite, ont exigé la concentration de tous les pouvoirs entre les mêmes mains, les siennes. Par la presse et l'argent, il accapare le pouvoir politique. Laroche-Mathieu, le futur ministre, n'est qu'une créature du directeur-banquier, celui qui a été choisi pour satisfaire des ambitions et des « combinaisons » politico-financières. Toute force contraire est réduite par l'armée secrète de la presse en campagne. À la tête des Échos, un chef – Duroy – qui « dirige et commande un bataillon de reporters », un chef « dont la rouerie native » se montre capable de « pressentir chaque jour les idées secrètes du patron » (I, 5, p. 155).

Bientôt *La Vie Française* gagnera « une importance considérable » grâce à « ses attaches connues avec le Pouvoir [...]. On la citait, on la redoutait » (p. 313). Avant que Bel-Ami ne rêve d'un avenir digne de son maître, M. Walter, celui-ci « continuait à diriger [...] son journal qui avait pris une extension énorme et qui favorisait beaucoup les opérations grandissantes de sa banque » (II, 8, p. 384).

LA POLITIQUE

Il ne faut pas séparer l'argent, la presse et la politique, ces forces conjuguées qui mènent l'État en ce début de IIIe République. Balzac, déjà, avait dénoncé la collusion de la presse et des puissances financières, mais les banquiers de la *Comédie humaine* ne sont que de petits faiseurs à côté de ceux de Maupassant. Puissances économiques, grande banque et presse ont réduit le gouvernement à un rôle d'exécuteur d'intérêts si puissants qu'il semble que désormais l'économie dirige l'État. Maupassant nous fait pénétrer dans cet univers étouffant où la soif d'arriver entraîne la spéculation, où les forces économiques et bancaires dictent la politique intérieure et extérieure, où le désir avide du jeu financier, la nécessité aussi d'ouvrir de nouveaux débouchés aux capitaux frais ne permettent plus à l'État de jouer son rôle véritable.

C'est un pouvoir politique dévoyé qui nous est décrit, aux mains avides d'affairistes souvent véreux, sans idées constructives. La politique s'écrit en termes de réussites économiques et de débouchés coloniaux. Le Parlement est dominé par la bourgeoisie opportuniste de centre gauche.

La médiocrité en politique

En ces domaines, Maupassant prend des positions dures que le roman grossit encore. Sans les déformer toutefois. La politique que soutient la haute finance est instable, mouvante, mobile comme les Échos qui passent, comme l'information, peu sûre. Le roman, dans ces conditions, illustre l'incroyable laisser-aller d'un régime offert au plus malin.

Lorsque Maupassant évoque députés et ministres, son jugement est celui d'un procureur implacable : « Tous ces gens-là [...] sont des médiocres [...] Leur intelligence est à fond de vase, ou plutôt à fond de dépotoir, comme la Seine à Asnières » (I, 6, p. 167). Celui qui les représente, le futur ministre des Affaires étrangères, Laroche-Mathieu, est une « sorte de jésuite républicain et de champignon libéral de nature douteuse, comme il en pousse par centaines sur le fumier populaire du suffrage universel. » (II, 2, p. 261).

Comme Zola, pourtant peu suspect d'amitiés conservatrices, Maupassant s'en prend à l'illusion du suffrage universel – masses illettrées, « nombre imbécile » – qui permet à des politiciens médiocres de trafiquer de leur autorité et de leur pouvoir.

Un affligeant spectacle

Mme Walter, dans l'ombre de son puissant mari, découvre les modernes dessous de cette politique « en femme de financier habituée à voir machiner les coups de bourse, les évolutions des valeurs » (II, 5, p. 325). Ce faisant, elle se réfère à des événements réels qui se sont déroulés à une date récente : le krach de L'Union Générale (1881-1882) et l'expédition en Tunisie prolongée vers l'Algérie (1881-1882).

La déconfiture de L'Union Générale, cette banque catholique victime de son succès passager et qui sombre quand elle perd la confiance de ses nombreux clients, ruine « en deux heures de spéculation des milliers de petits bourgeois, de petits rentiers » (II, 5, p. 325). Quant à la campagne de Tunisie – celle du Maroc dans le roman –, elle obéit aux souterraines manœuvres d'un gouvernement travaillé par la grande banque et par la presse à sa solde.

Dans cette foire d'empoigne, Bel-Ami saura tirer son épingle d'un jeu cruel. Trompé, il trompera : « Ce salop de Laroche, en voilà un que je repincerai [...] Sa carcasse de ministre me restera entre les doigts ! » (II, 5, p. 326).

Maupassant se révèle donc très dur avec les gens en place, jusqu'à l'injustice parfois. Ses tableaux de la vie parlementaire sont noirs, jusqu'au mépris. Sans doute faut-il, dès lors, en atténuer la portée et dire que cette fin de siècle ne mérite pas tous les discrédits au nom desquels on l'accable volontiers. Gambetta, Jules Ferry se sont montrés constructifs en bien des domaines, en particulier dans celui de l'école : gratuité, caractère obligatoire de l'enseignement primaire, etc. Sur les réalités coloniales de l'heure, Maupassant lui-même sera amené à reconnaître, lors d'un dernier voyage en Algérie et en Tunisie, les progrès accomplis depuis 1881. Honnête jusqu'au scrupule, il écrira : « [Alger] devient insensiblement, ou plutôt sensiblement, un sol français. Le progrès de la colonisation, depuis sept ans que je ne l'avais vu, est indubitable, indiscutable... » (« Afrique », *Le Gaulois,* 3 déc. 1888).

Les femmes[4]

Elles tiennent une place importante dans le roman puisque c'est par elles que triomphe Bel-Ami. Or, ces femmes, si diverses d'apparence et de condition, reflètent un milieu déterminé qui n'est guère reluisant, à l'image d'une société où tout est permis.

Le rôle de la femme n'est plus ce qu'il était hier. La femme n'est plus l'inspiratrice d'une passion unique dont l'étude remplit le roman. Avec *Bel-Ami,* la mise en valeur de l'ascension du héros qui arrive par les femmes nécessite la présence d'une pluralité de figures et de destins. D'ailleurs Bel-Ami n'a guère le temps d'aimer celles qui l'aident à réussir. Quand il croit aimer Mme de Marelle, il se trompe : c'est le désir qui l'attache à une maîtresse peu exigeante, une obsession sensuelle qui l'y ramène. Toujours il demeurera « sous l'obsession de son image », celle « de son corps restée dans ses yeux » (I, 5, p. 106).

La première impression que lui a laissée Mme Forestier est de même nature. Il a jeté sur elle un regard plein de sensualité, déjà séduit : « Un parfum léger s'envolait du peignoir [...] Duroy cherchait à deviner, croyait voir le corps jeune et clair, gras et chaud, doucement enveloppé dans l'étoffe moelleuse » (I, 3, p. 72). Par-delà la grâce et une certaine délicatesse (« parfum léger », « s'envolait ») traduites par des notations d'odeur et de légèreté, c'est le désir qui l'emporte avec des notations fortement érotisées de chaleur et d'envie (« deviner », « gras et chaud », « étoffe moelleuse »).

Chaque femme, dans le roman, répond à une nécessité plus pressante encore, celle de la promotion sociale du héros. Toutes apportent, un court moment, leur concours à cette promotion. Rachel, la prostituée, est un encouragement, un signe fait au séducteur. Mme de Marelle vit libre en marge de ses attaches familiales : elle est la femme désirable qui s'attache l'ambitieux par une certaine expérience de la vie sociale et par sa disponibilité sensuelle. Mme Forestier se charge de la promotion politique du héros, satisfait ses ambitions de réussite

---

4. Voir également ci-dessus, p. 39-47.

non sans favoriser les siennes. Mme Walter, figure grotesque de l'amour bafoué, préserve les chances de l'ambitieux et sa fille, Suzanne, Laurine adolescente, assurera le triomphe social du séducteur.

Reste que l'écrivain n'a pas caché sa méfiance et son hostilité à l'endroit des femmes : elles sont adultères, trompent sans vergogne un mari aveugle ou complice. La mésentente règne dans le couple comme si l'incompréhension était de règle et la méfiance une loi.

Amour et désir

Il ne saurait y avoir d'amour sincère entre des êtres qui, « vivant côte à côte, s'ignorent toujours, se soupçonnent, se flairent, se guettent, mais ne se connaissent pas jusqu'au fond vaseux de l'âme » (II, 6, p. 342). Bel-Ami est un roman sans amour où règnent la brutalité du désir et l'obsession de la réussite. Une grande force parcourt le roman : c'est la recherche du plaisir charnel qui se déplace de façon fébrile mais continue, de l'érotisme à la hâte de s'enrichir, de réussir et de le montrer. Il y a peu de place pour la tendresse rêvée ou accordée. Dans ce monde sans racines, le besoin de la femme – corps et intérêt – est d'ordre matériel et se résout en calculs. Bel-Ami choisit ses partenaires pour leur utilité et leur complémentarité. Madeleine et Clotilde sont des éducatrices agréables et libres, Mme Walter et Suzanne, des pions sur l'échiquier de la réussite.

Mariage et liberté

Ayant constaté la faillite des liens familiaux, de l'amour dévoyé vers le désir ou la jalousie, Maupassant propose des solutions moins aliénantes. Pour éviter l'esclavage des liaisons qui durent ou de celles que dictent les circonstances, il faut vivre libre et avoir la possibilité de rompre, à son gré, toutes les chaînes.

Mme Forestier répond à ces espoirs par d'étonnants préceptes sur l'amour et le mariage : « Comprenez-moi bien. Le mariage pour moi n'est pas une chaîne, mais une association. J'entends être libre, tout à fait libre de mes actes, de mes démarches, de mes sorties, toujours. Je ne pourrais tolérer ni contrôle, ni jalousie, ni discussion sur ma conduite » (I, 8, p. 224). Et le miracle se produit au moins une fois, miracle de la communion amoureuse née de la communion des esprits, de la communion des consciences : « Quand leur article fut terminé, Georges le relut tout haut, en le déclamant. Ils le jugèrent admirable d'un commun accord et ils se souriaient, enchantés et surpris, comme s'ils venaient de se révéler l'un à l'autre » (II, 2, p. 259).

Mme de Marelle exige la même liberté. Duroy-Bel-Ami lui ressemble : ils n'ont d'autre soif que celle du désir. Madeleine se veut libre mais passionnée de journalisme et de politique. Elle fait comprendre à l'ambitieux que la réussite passe aussi par le savoir-faire qui est facteur de liberté.

Maupassant a su créer deux personnalités féminines déjà modernes, totalement libérées. Il y a, bien sûr, l'attitude contraire de Norbert de Varenne et son pessimisme désolé : « Mariez-vous, mon ami. [...] La solitude [...] m'emplit d'une angoisse horrible » (I, 6, p. 171). Cette attitude n'est pas celle du héros qui n'écoute pas mais celle de l'écrivain dans ses moments de faiblesse quand la maladie, la solitude, le non-sens de la vie parlent trop fort.

LA HANTISE DE LA MORT

Jouet de ses obsessions, prédisposé plus que tout autre à recevoir le message de l'absurde, Maupassant n'a aucune peine à faire passer dans ses personnages la peur qui toujours l'habita, celle de la mort. Si Norbert de Varenne expose la théorie en un sermon devenu justement célèbre (I, 6, p. 167 et suivantes), c'est l'œuvre tout entière qui porte en elle ce poids invincible d'un vertige qui se joue des êtres.

La mort est partout : elle marque les plus heureux comme les plus riches ; elle prend des formes discrètes (p. 128) ou tapageuses (p. 215). Elle s'inscrit dans la peur panique du duel (p. 190) comme dans la pitié pour une pauvre femme abîmée dans sa douleur (p. 298), dans l'accablement des mêmes gestes cent fois refaits et des mêmes mots cent fois répétés (p. 318), dans la déraison du monde (p. 364) ou la démence, toute proche (p. 369), dans l'angoisse du temps qui passe avec son cortège de solitude et de lent détraquement du corps et de l'esprit.

C'est ainsi que l'écrivain donne le ton à son œuvre lorsque parle Norbert de Varenne : « Toujours la mort pour finir [...] Elle me gâte tout ce que je fais, tout ce que je vois, ce que je mange et ce que je bois, tout ce que j'aime [...] Et jamais un être ne revient, jamais... » (p. 169). Maupassant rappelle à son héros la vanité des plaisirs et des profits et le confronte aux maux véritables. Plus que la leçon de sagesse funèbre qui laisse son héros décontenancé, c'est le choc de plein fouet avec la mort et le néant qui marque intensément le personnage.

Cependant, il vaincra cette peur (I, 7, p. 189) parce qu'il est plus fort que la mort et qu'il ne s'arrête pas, comme Norbert de Varenne, à cultiver ses angoisses : les prophéties du vieux poète comme les jérémiades de Mme Walter ne le concernent pas ; il les traite par le mépris.

En cela Bel-Ami diffère du romancier, lecteur de Schopenhauer, ce philosophe pessimiste dont il découvre les œuvres dans les années 1880-1881 : homme « désabusé » qui « a renversé les croyances, les espoirs, les poésies, les chimères, détruit les aspirations [...] tué l'amour [...] Il a tout traversé de sa moquerie, et tout vidé » (*Auprès d'un mort,* 1883).

Pessimisme et solitude

Bel-Ami est le livre du désenchantement et de l'inquiétude. Dans cette société « faussement confortable », tout est vanité et le monde et ceux qui y vivent traînent leur mal incurable. Ce mal est aussi celui de Maupassant avec son hérédité chargée, sa tristesse morbide, ses souffrances physiques chaque jour multipliées, ce parti pris d'observation qui condamne le peintre à voir toutes les laideurs.

Ce ne sont que conversations de « cuistres » (I, 6, p. 167), ou duels inutiles, un monde de « crapulerie » avec ses « Rastaquouères » reçus comme des princes ou des honnêtes gens (II, 3, p. 285). L'écœurement, la tristesse conduisent, par effet de retour, à la pitié et à la révolte contre Dieu. Dieu : « Là-haut. – Où donc ? » (II, 4, p. 298).

Une pauvre vie faite de pauvres plaisirs : le néant de la pensée et de l'esprit. Maupassant est un négateur : Dieu, la morale, l'amour, la foi en des lendemains heureux ne sont que des utopies. L'homme est seul au milieu de son ennui dans un univers vide, dans le clinquant de sa suffisance et de son égoïsme. Et d'ailleurs tout se répète dans l'immuable et énervant retour des choses. Maupassant est un écrivain moderne : les thèmes de la solitude, certaine sensibilisation aux conversations creuses, aux objets stéréotypés, aux miroirs qui renvoient des images d'angoisse ou de décrépitude retrouveront leur place dans *La Nausée* de Sartre[5]. Maupassant a écrit le prologue du grand désenchantement moderne au travers de toutes ces méditations solitaires sur le sens de la vie.

Le monde de l'illusion « la mort seule est certaine »

Tout n'est qu'illusion et égoïsme. Des êtres solitaires épient « les dessous du monde » (I, 6) et vivent un enfermement sans autre perspective qu'une fin proche : « Je me sens mourir en tout ce que je fais [...] Respirer, dormir, boire, manger, travailler, rêver, tout ce que nous faisons, c'est mourir. Vivre enfin, c'est mourir ! » dit Norbert de Varenne, porte-parole de Maupassant (I, 6, p. 169).

Cette mort programmée traîne de façon insidieuse en de nombreuses pages du roman. Les débuts sont difficiles, inquiétants, et Duroy « aperçut ses habits de tous les jours jetés là, vides, fatigués, flasques, vilains comme des hardes de la Morgue » (I, 3, p. 65). Le bureau des employés, « une grande pièce sombre », donne « sur une cour étroite » (I, 4, p. 87) : c'est l'antichambre d'une mort annoncée. À Cannes, Mme Forestier veille son mari mort en compagnie de Georges Duroy : « Et c'était fini, pour lui, fini pour toujours. « Une vie ! quelques jours et puis plus rien ! » (I,8, p. 217). Le temps de l'illusion.

La rude vie des paysans, la monotonie des jours et des saisons effrayent Duroy ; une femme du peuple entrevue dans la pâle clarté d'une église accable l'écrivain comme le héros : « Les pauvres êtres. Y en a-t-il qui souffrent pourtant » (II, 4, p. 298).

L'ombre de la mort, le chagrin, la peur devenue obsession colorent le roman d'un jour très sombre, sinon inquiétant.

---

5. Sartre est un philosophe français du XXe siècle. Athée, il précise les données d'un existentialisme où l'engagement de l'homme crée les valeurs qui donnent un sens à la vie.

7 *Bel-Ami*, un roman naturaliste ?

RÉALISME ET NATURALISME

Le réalisme trouve sa meilleure définition dans une réaction contre le romantisme qui place le sentiment, l'imagination, le « moi » à la première place. Le réalisme, en refusant cette esthétique, voit le monde, les événements qui l'illustrent, les passions qui le traversent avec des yeux d'observateur scrupuleux. Stendhal, Balzac avaient suivi ce chemin. Flaubert fait un pas de plus pour décrire une réalité qui ne saurait être simplement photographique.

Avec Zola, le réalisme prend une couleur sombre. Par-delà la primauté du roman objectif qui définit les personnages dans leurs réactions immédiates, s'impose la doctrine naturaliste. Cette école, tout entière illustrée par Zola, s'applique à la découverte minutieuse des faits jusqu'à leur conférer une intention et une portée scientifiques. À la limite, l'œuvre de Zola prend une dimension expérimentale.

LA TENTATION DU NATURALISME DANS *BEL-AMI*

La notion d'évolution, d'espèce, de milieu

Il y a d'abord, dans le roman, ces petits détails qui fixent le portrait du personnage. La moustache est l'attribut nécessaire de tout candidat arriviste parti en chasse sur le boulevard : elle souligne, d'un trait appuyé, la permanence du désir. Il y a ce grouillement continu des êtres dans un monde de profits et de jouissances rencontré aux Folies-Bergère, au Bois de Boulogne, chez Ledoyen, lors d'un assaut d'armes et jusqu'aux marches de la Madeleine. Il y a surtout, clairement explicitées dans sa chronique : *Aux critiques de Bel-Ami,* les notions mêmes que précise l'esthétique naturaliste : « Je montre dès les premières lignes qu'on a devant soi une graine de gredin qui va pousser dans le terrain où elle tombera. Ce terrain est un journal. Pourquoi ce choix, dira-t-on ? Pourquoi ? Parce que ce milieu m'était plus favorable que tout autre pour montrer nettement les étapes de mon personnage. »

Il s'agit bien là d'une perspective naturaliste, celle qui amène Zola et Maupassant à situer leurs personnages dans un champ précis d'intérêt et d'existence. Ce sera, pour *Bel-Ami,* celui de l'argent et de la presse, un « milieu » que retrouvera Zola avec *L'Argent.*

Le roman situé dans un contexte historique

L'évolution du caractère de Bel-Ami, son histoire sont ainsi ordonnées en fonction d'un milieu précis, celui du journal à la fin du XIXe siècle. Ce déterminisme autorise Maupassant à montrer que, par ce choix précis, il a pu donner « plus de relief à son personnage », à ce type d'ambitieux arriviste « comme il en existe dans les feuilles qui ne sont que des usines à chantage et à émissions de valeurs fictives » (*Aux critiques de Bel-Ami).*

L'argent excite ici toutes les convoitises et donne cette mauvaise couleur aux hommes isolés en des groupes sociaux caractéristiques.

– *Le monde du boulevard,* grouillant d'appétits et pétri d'instincts élémentaires (p. 32 et suivantes).

– *Le monde des bureaucrates,* étriqué et craintif, un monde que Maupassant connaît bien pour avoir souffert de ses règles avilissantes, de sa hiérarchie triomphante et de ses habitudes d'une fixité éprouvante (p. 87 et suivantes).

– *Le personnel de rédaction du journal :* des ouvriers compositeurs (p. 37), des garçons de bureau, présentés collectivement (p. 78) aux reporters, rapidement individualisés (p. 78, 79 et suivantes).

– *Les clients des « caboulots populaires » :* pour une fois, le romancier s'attarde à la description d'un milieu qu'il ignore généralement. Pur hasard, au demeurant, qui nous vaut quelques descriptions originales

(les cochers de fiacre, p. 127 ; la salle de bal, p. 128 ; le « bouge enfume », p. 129) sur fond de misère, d'alcoolisme et de tristesse à peine voilée.

– *Les foules anonymes et inquiétantes :* celle des Folies-Bergère, bigarrée et vulgaire (p. 43), celle de la salle d'armes avec « des jeunes gens en costume d'assaut » (p. 281), « des messieurs en redingote » (p. 281), « les hommes célèbres » (p. 285), tout un public que gagne l'excitation ambiante, un public vivant qui apparaît en pleine lumière avec son chic usurpé, son désir de paraître et ses troubles appétits.

– *Le public des salons des parvenus :* « l'entre-monde parisien » que le riche banquier Walter attire dans sa somptueuse maison (p. 349 et suivantes), toute une société en décomposition déjà rencontrée dans les avenues du Bois de Boulogne (p. 172), une faune ordonnée en fonction des pouvoirs de l'argent. À ce jeu, les filles de la noblesse épousent les parvenus de la finance israélite et les plus forts triomphent.

– *La foule parisienne* qui, peu à peu, emplit l'église de la Madeleine, vaste fresque où se retrouvent tous les personnages, tous les héros du roman.

– *Les paysans* (p. 250 et suivantes) ne sont plus qu'instincts. Ils s'empiffrent (p. 251), échangent des propos laconiques où la ladrerie et la grivoiserie se donnent libre cours.

Le romancier, excellent observateur des milieux sociaux, n'avait pas manqué – en fidèle lecteur de Taine[1] – d'insister aussi sur le « moment » en une période de l'histoire française aussi riche d'événements révélateurs : les aspects de la conjoncture financière, coloniale, journalistique que nous avons étudiés précisent, jusqu'au détail, l'intérêt que Maupassant prenait à une peinture « naturaliste » de la société de son temps.

UNE DIMENSION IMPRESSIONNISTE

Le roman ne saurait s'expliquer totalement dans une perspective naturaliste. Des glissements s'opèrent, du naturalisme aux structures toujours ouvertes de l'impressionnisme.

1. Hippolyte Taine (1828-1893) e tenté d'appliquer la méthode expérimentale des sciences naturelles aux créations de l'esprit humain. Il a montré l'influence du moment et du milieu sur le génie des grands écrivains.

Les couleurs

Maupassant décrit en peintre, en touches, en notations colorées. Il saisit le profil changeant des êtres, leur côté transitoire dans la dissolution de toute chose. Il entonne un hymne à la couleur fugitive, à « la joie de manger le monde avec » son « regard ». Regardant travailler Monet, il constate : « Je l'ai vu saisir une tombée étincelante de lumière sur la falaise blanche et la fixer à une coulée de tons jaunes » (*La Vie d'un paysagiste).* Le peintre-Maupassant est enchanté. Dans *Bel-Ami,* l'écrivain procède souvent ainsi. Le monde qu'il décrit est un monde instable, changeant comme le temps, un monde vivant qui poursuit une mutation inquiétante.

Cette mutation se révèle d'abord au travers des perceptions ressenties par les personnages, par l'auteur lui-même. On ne compte plus dans *Bel-Ami* les effets de couleur : « Les maisons de la rue de Rome [...] semblaient peintes avec de la clarté blanche » (I, 3, p. 68) ; « Ses murs, tendus d'un papier gris à bouquets bleus, avaient autant de taches que de fleurs [...] Cela sentait la misère honteuse » (I, 3, p. 65) ; « on apercevait une grande tache d'un vert clair que faisaient les feuilles d'un arbre, éclairées par la lumière vive des cabinets particuliers » (I, 5, p. 109).

Les sensations

La marque sensuelle, charnelle, toujours diversifiée, est partout. La réussite, pour Bel-Ami, c'est d'abord une soif ardente qui ne s'apaise jamais : « Une soif chaude, une soif de soir d'été le tenait, et il pensait à la sensation délicieuse des boissons froides coulant dans la bouche » (I, 1, p. 31-32). Ce sont les perceptions corporelles qui l'animent, le tenaillent, douloureuses ici, enivrantes là : « Les huîtres d'Ostende [...] fondant entre le palais et la langue ainsi que des bonbons salés » (I, 5, p. 110) ; les orgues de la félicité répandent leurs « notes fines, alertes » qui « effleuraient l'oreille comme des souffles légers » (p. 413).

Tout se résout en sensations. Après sa rencontre avec Mme de Marelle, Bel-Ami rêve : « Il lui semblait avoir pris quelque chose d'elle, l'image de son corps restée dans ses yeux et la saveur de son être moral restée en son cœur [...] une sorte de sensation de la présence irréelle et persistante de cette femme » (I, 5, p. 106).

De la même façon, la pluralité des désirs - du désir - s'exprime de la manière la plus instinctive. Rachel « allume » le désir ; « l'espoir de ce long tête-à-tête intime, cordial, si doux, le fit tressaillir de désir » (I, 4, p. 94) ; Georges et Madeleine, descendant vers le Bois de Boulogne, sont « perdus dans l'hallucination du désir », cependant qu'« une sensation de tendresse flottante, d'amour bestial épandu, alourdissait l'air » et qu'« un immense fleuve d'amants [...] coulait vers le Bois sous le ciel étoilé et brûlant » (II, 2, p. 266).

Dans cette page impressionniste où la sensation domine, où règne ce qui passe, ce qui fuit, ce qui est transitoire, l'eau, toutes les eaux, jouent un rôle important. Non seulement Maupassant a chanté l'eau, il a vu se transformer les êtres et les choses dans le courant de l'universelle liquidité : « tendresse *flottante* », « amour *épandu* », « un *fleuve* d'amants », « coulait ».

La ville est « chaude comme une étuve » (p. 30) ; la « longue chevelure (de Mme Forestier) se répandit comme de l'eau » (p. 52) ; Mme de Marelle possède un diamant « comme une goutte d'eau qui aurait glissé sur la chair » (p. 53) ; les palmiers « ouvraient leurs feuilles élégantes » qui « s'élargissaient en jets d'eau » ; Laroche-Mathieu « répand » sur ses collègues une « éloquence liquoreuse » devant un secrétaire habitué « à ces douches de faconde » (II, 5, p. 316) ; dans la serre de Walter, « la lumière glissait comme une ondée d'argent » (II, 7, p. 357).

Ainsi, le roman donne à voir une écriture de peintre qui met en valeur les impressions, les sensations, les multiples appels à la diversité, à la division, au fractionnement impressionnistes. Et cette mobilité, cette fébrilité – celle du regard – accompagne le récit lui-même qui juxtapose la solidité d'une facture naturaliste aux délices savourées de toutes les rencontres où la sensualité fait merveille.

8 Les techniques narratives

LA QUESTION DU POINT DE VUE OU FOCALISATION

Qu'est-ce que le point de vue narratif appelé aussi focalisation ? C'est l'effort pour caractériser la position qu'occupe le narrateur dans l'histoire. C'est en effet ce narrateur qui tient les ficelles du récit, du texte raconté. Il devient nécessaire, dans ces conditions, de préciser qui *voit* les choses, les événements, quel point de vue s'exprime, quel œil enregistre telle ou telle scène.

La focalisation externe ou l'œil de la caméra

Dans ce type de point de vue, la position du narrateur peut être comparée à l'œil d'une caméra : on enregistre de la manière la plus neutre des gestes, des attitudes, des événements qui passent dans le champ d'observation. Dans *Bel-Ami,* les personnages secondaires relèvent de cette technique : leurs actes, leurs comportements sont rapportés de l'extérieur, de façon neutre. C'est au lecteur de les approcher, de les comprendre, de les interpréter.

La focalisation externe concerne aussi les scènes autour desquelles se développe l'histoire : un témoin extérieur raconte les dîners, un moment de rencontre de femmes chez Mme Walter (I, 6, p. 151), un assaut dans la salle d'armes de Rival (II, 3, p. 282 et suivantes), etc.

Dans *Bel-Ami,* le dynamisme narratif montre des visages multiples. Un exemple relevant des techniques du cinéma – celles-là mêmes dont Maupassant est le précurseur – présente les personnages de deux paysans modulés et découverts dans leur déplacement. L'œil suit les personnages : la vision est d'abord lointaine, puis se rapproche, du plan général au plan moyen, du plan rapproché au gros plan :

> Elle regardait venir ces deux pauvres êtres [...]
> Ils passaient [...]
> Ils s'arrêtèrent net [...] stupéfaits [...] abrutis de surprise [...]
> Et les deux campagnards regardèrent Madeleine.
> Ils la regardèrent comme on regarde un phénomène [...]
> (II, 1, p. 247-248).

Ainsi le point de vue externe, la focalisation externe ne produit que des effets extérieurs objectifs, mais sans effets secondaires profonds et sans intervention du narrateur pour les expliquer et les approfondir.

La focalisation interne ou les pleins pouvoirs d'un personnage

Le lecteur, dans cette forme de point de vue, est amené à mieux découvrir le milieu et les personnages, encore que cette connaissance reste circonscrite aux limites mêmes que connaît un témoin faisant partie du jeu. Ce témoin a tous les pouvoirs.

Un exemple connu de cette technique est fourni par le roman de l'écrivain américain Henry James, *Ce que savait Maisie.* Les événements sont, dans le roman, racontés du point de vue d'une petite fille qui ne peut donner au lecteur que des informations fragmentaires, qu'il faut sans cesse contrôler.

La focalisation interne par le regard

On sait la place que tient le regard dans *Bel-Ami.* Le regard parle, agit, découvre, confond. En fait, il croit agir, découvrir et sa quête peut être sujette à caution et doit être contrôlée : elle n'en est pas moins riche et intéressante. C'est ainsi que Duroy, bien décidé à réaliser, sur le boulevard, une chasse fructueuse – argent et femmes –, jette « sur les dîneurs attardés un regard rapide et circulaire, un de ces regards de joli garçon, qui s'étendent comme des coups d'épervier » (I, 1, p. 29). Le regard est signe de force, de puissance *(circulaire),* d'expansion *(s'étendent),* de prise de possession *(épervier).*

Le regard dépasse l'apparence, le masque, il pénètre déjà en profondeur, il est le signe d'un accord, d'une complicité. C'est la complicité des sens et du plaisir quand Duroy et Rachel se rencontrent et que la femme sourit « comme si leurs yeux se fussent dit déjà des choses intimes et secrètes » (I, 1, p. 45). Le regard de Mme de Marelle est tout différent : « Elle le remercia d'un regard, d'un de ces clairs regards de femme qui pénètrent jusqu'au cœur » (I, 2, p. 58). Celui de Mme Forestier est une invite : « il crut y voir (dans ses yeux) une gaieté plus vive, une malice, un encouragement » (I, 2, p. 58). C'est que la femme voit mieux et plus loin que l'homme parce qu'elle est plus sensible que l'homme, parce qu'elle sait mieux que l'homme et qu'elle garde ce savoir caché au fond d'elle-même. Bel-Ami perd de sa superbe quand Madeleine le regarde « d'un regard perçant » (II, 6, p. 344) ou quand il se sent dépassé par le calme de sa maîtresse.

Le plus souvent deux regards s'affrontent, se mesurent, cherchent à comprendre l'autre, au plus profond des mystères de l'être : « Madeleine, à son tour, le regardait fixement [...] d'une façon profonde et singulière, comme pour y lire quelque chose, comme pour y découvrir cet inconnu de l'être qu'on ne pénètre jamais » (II, 6, p. 341).

La focalisation interne à travers la conscience d'un personnage

Dans ce cas, le lecteur entre dans les réflexions du personnage et partage ses états d'âme, ses incertitudes : « Et il rêvait souvent le soir, en regardant de sa fenêtre passer les trains, aux procédés qu'il pourrait employer » (I, 4, p. 101). Le lecteur, lui aussi, échafaude des procédés, des projets, plus ou moins consistants.

Ailleurs, on suit la pensée secrète du personnage à travers les perceptions qu'il conserve des événements ou le jugement qu'il en a : « Il se répétait [...] Il faut que j'écrive [...] S'il me voyait, ce soir, dans la maison où je vais, serait-il épaté, le vieux ! » (I, 6, p. 159). Le lecteur suit les pensées confuses de Duroy, leur accumulation dérisoire : « La pensée lui vint de faire du feu [...] Et sans cesse il se *demandait* [...] Puis il se *dit* [...] Puis il *jugea* [...] Cette pensée l'écrasait maintenant » (I, 7, p. 190).

Dans ces cas, le lecteur partage une manière de comprendre et de ressentir les choses qui est celle du personnage-témoin. Il y a complicité véritable entre lecteur et personnage qui participent aux mêmes débats, aux mêmes interrogations, aux mêmes émotions.

Les verbes relevant de la perception (voir, regarder, entendre) ou d'interprétation (penser, croire, se dire, se demander, juger) appartiennent au registre de la focalisation interne.

L'œil « divin » du narrateur omniscient : la focalisation zéro

Dans cette perspective (point de vue d'un narrateur omniscient), le narrateur correspond à un « œil » qui voit tout, qui sait tout des personnages et des événements, ceux d'hier comme ceux d'aujourd'hui. Le narrateur est ainsi doué de pouvoirs quasi divins qui le placent en position de supériorité par rapport aux personnages eux-mêmes.

Cette focalisation « zéro » est celle d'un narrateur dont les perceptions sont illimitées. C'est ainsi qu'elle est présente dans l'évolution psychologique du héros : ses soifs (« l'envie de boire lui séchait la gorge «, I, 1, p. 31) ; ses désirs et ses ambitions (« Mais le désir d'arriver y régnait en maître », I, 3, p. 67) ; dans sa jalousie corrosive : « Mais l'image de Forestier était rentrée en son esprit, le possédait, l'étreignait. Il ne pouvait plus penser qu'à lui » (II, 2, p. 267-268).

Le personnage de Laroche-Mathieu, présenté d'une seule coulée, relève de cette focalisation qui offre un portrait complet, au physique comme au moral. Le lecteur sait tout de lui, en quelques phrases ramassées, lourdes de sens (II, 2, p. 260-261).

À la limite, le point de vue du narrateur omniscient rejoint le point de vue de l'auteur. Maupassant a mis beaucoup de lui-même dans *Bel-Ami.* Quand la voix parle de la solitude, il s'agit bien sûr de la solitude de l'écrivain décrite dans *Causerie triste,* une chronique du *Gaulois* en date du 25 février 1884, dans *Par-delà,* une chronique du *Gil-Blas* en date du 10 juin 1884, avec cette peur obsédante de la mort que l'on retrouve en termes identiques dans le sermon que prodigue Norbert de Varenne à Bel-Ami (I, 6, p. 166).

LA TECHNIQUE DE LA DESCRIPTION

Les procédés descriptifs utilisés par Maupassant précisent l'art de bien rendre le point de vue subjectif du personnage. Les lieux que hante Bel-Ami, vus par le narrateur ou par Bel-Ami, sont significatifs d'une société qui se dégrade, retrouvée dans le regard amusé ou sévère des voyeurs. Il y a des lieux pour le plaisir (les Folies-Bergère, la salle d'armes, le restaurant), des lieux pour l'intimité (les salons, les appartements qu'on loue), les lieux qui enferment les amants (voiture, compartiment), des lieux pour l'aventure et des lieux pour la réussite (cabinets directoriaux, salons, sièges des grands journaux).

Ces endroits, des haltes sur le chemin d'une promotion irrésistible, sont saisis par un œil curieux, durement critique. C'est ainsi que les Folies-Bergère étalent leur monde divers et un demi-monde dont la figure essentielle est celle de la prostituée au milieu d'un peuple de « bourgeois », de « boulevardiers », d'« employés », de « reporters », de « souteneurs » (I,1, p. 43).

Le portrait de Madame Forestier (I, 3), vu et interprété selon le point de vue de Duroy, résume le calme et la fascination qu'exerce la femme : « Elle était assise [...] Elle se retourna [...] Elle montrait un siège [...] Elle avait l'air chez elle » (I, 3, p. 71-72). Cette suite de tableaux établit graduellement la supériorité intellectuelle et morale de la femme.

Ces techniques descriptives fragmentées, facettées, sont les éléments d'une connaissance progressive de la diversité et du caractère profond d'une société. Le traitement descriptif fait large place à l'action et à la parole, ce qui exclut l'analyse psychologique classique et permet de découvrir les personnages au fur et à mesure de l'évolution du récit. Les portraits et autres motifs descriptifs sont toujours appréhendés de l'extérieur, perçus dans l'élan de la sensation, des besoins et des soifs du héros ou de son auteur.

Dans un roman qui procède volontiers par une suite d'impressions fugitives saisies en des lieux multiples et divers, la mise en scène se fragmente en très courts aperçus qui renouvellent l'intérêt et captivent le regard : le boulevard, les Folies-Bergère, un restaurant, un duel, un assaut d'armes. *La Vie Française* fonctionne au gré d'une mise en scène de type théâtral avec ses ouvertures multiples : « l'escalier-réclame », la cohorte des huissiers, ce qui fait dire au narrateur : « La mise en scène était parfaite pour en imposer au visiteur » (I, 3, p. 78). Cette impression est aussitôt démentie par le salon d'attente peuplé d'» hommes négligés « et de femmes dont » l'une [...] avait l'air d'une cocotte «. Un troisième décor s'ouvre sur une salle où les journalistes s'adonnent au jeu du bilboquet alors que, dans le bureau voisin, le « directeur-retenu-par-une-conférence » joue aux cartes avec quelques « messieurs à chapeaux plats ».

C'est ainsi l'envers du décor qui retient l'attention, et la mise en scène, traduite dans sa variété, rend compte des personnages et de leurs évolutions, au demeurant peu importantes.

MAUPASSANT ET L'ART DU DIALOGUE

La diversité des registres

L'écrivain, excellent styliste, accueille tous les registres de langue et ses personnages se révèlent dans leur manière de s'exprimer en fonction des situations et des interlocuteurs. Au début du roman, Duroy s'exprime dans une langue populaire, voire triviale : « Je crève de faim, tout simplement » (p. 35) ; « Ce n'est pas la peine de gueuler comme ça » (p. 88). Puis son registre s'étend au contact de femmes différentes : en face de Mme Walter, il utilise une langue châtiée avec un soupçon de noblesse : « Dans cette question, madame, je n'envisagerais jamais le mérite... » (p. 152). Avec Mme de Marelle il sait prendre le ton de la fausse contrition, celui de l'enfant qui a peur d'être battu : « Je t'aime beaucoup, je t'aime vraiment du fond du cœur », lui dit-il, « aussi la crainte de te faire de la peine m'afflige... » (p. 233). L'excès de politesse, l'emploi d'un verbe noble (« affliger ») soulignent l'excès de prévenance et le malaise du héros.

Cette diversité du dialogue est rendue plus sensible par une technique faite de sobriété et de concision. Quand Mme de Marelle demande à Duroy : « Si on m'injuriait dans ces endroits-là, qu'est-ce que tu ferais ? » Il répond : « Je te défendrais, parbleu ! » « Et elle lui serrait le bras avec bonheur, avec le désir confus peut-être d'être injuriée et défendue » (I, 5, p. 130).

Le retour des mêmes situations à travers le dialogue

Le retour des mêmes parcours dialogués éclaire le comportement psychologique du héros :
– à Mme de Marelle : « Quand pourrai-je vous voir bien seule pour vous dire comme je vous aime ? » (p. 119) ;
– à Mme Forestier : « Merci, merci, comme je vous aime ! » (p. 228) ;
– à Mme Walter : « Que voulez-vous, je suis fou ! Je vous aime… Oh ! si vous saviez, comme je vous aime ! » (p. 291) ;
– à Suzanne : « Je suis plus que fou, je suis coupable, presque misérable » (p. 374).

Ailleurs, un certain vide des conversations s'exprime dans la monotonie des dialogues sans nerfs, incolores, qui traînent comme si l'on était renvoyé à la platitude d'un caractère toujours le même. Walter ne s'exprime que pour vanter ses richesses, ses possessions ; Laroche-Mathieu parle pour ne rien dire, pour s'écouter ; Mme Walter pour illustrer une navrante naïveté avec les mêmes mots pour les mêmes élans élémentaires : « Non, je ne peux pas, je ne veux pas » (p. 294), « C'est si bon d'aimer » (p. 319), « merci, mon chéri », « va, mon chéri », sans parler de la litanie des « je t'aime… je t'aime… mon trésor… ».

Le style indirect libre

Dans le style indirect libre, le discours s'incorpore à la narration, sans guillemets et souligne une sorte de dialogue intérieur. Duroy va se battre en duel : il est seul et s'interroge : « Comme c'était bête, tout de même, ces choses-là ! Qu'est-ce que ça prouvait ? Un filou était-il moins un filou après s'être battu ? Que gagnait un honnête homme insulté à risquer sa vie contre une crapule ? » (I, 7, p. 185). « Donc il allait se battre, et se battre au pistolet ? Pourquoi n'avait-il pas choisi l'épée ? » (p. 188) ; « Il allait se battre en duel. Il ne pouvait plus éviter cela. Que se passait-il donc en lui ? » (p. 190). Le héros multiplie les questions, les exclamations au plus fort de son inquiétude qui devient angoisse. Ce monologue intérieur est le type même du discours indirect libre.

9 Quelques aspects stylistiques

Ici encore, il convient de se reporter aux écrits de Flaubert pour apprécier l'importance que Maupassant – après son maître – accorde au style. Flaubert affirmait : « Hors du style, point de livre. » Maupassant se veut plus précis encore : « Quand un homme, quelque doué qu'il soit, ne se préoccupe que de la chose racontée, quand il ne se rend pas compte que le véritable pouvoir littéraire n'est pas dans le fait mais bien dans la manière de le préparer, de le présenter et de l'exprimer, il n'a pas le sens de l'art » (*La finesse, Gil-Blas,* 25 décembre 1883).

LE CHOIX DES CHAMPS LEXICAUX

Trois exemples illustrent une recherche et une technique qui mettent en valeur la justesse de l'expression.

Le héros placé en situation d'insuffisance, de misère, d'échec.

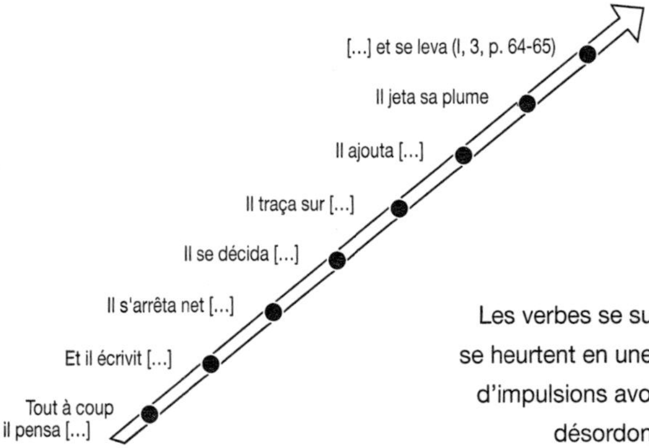

Les verbes se suivent, se heurtent en une suite d'impulsions avortées, désordonnées.

Le héros confronté aux petitesses de la passion

« Elle se montrait tout autre qu'il ne l'avait rêvée, essayant de le séduire avec des *grâces puériles,* des *enfantillages* d'amour *ridicules* à son âge [...] ça avait été une sorte de *printemps fané,* plein de *petites fleurs mal sorties* et de *bourgeons avortés,* une *étrange éclosion d'amour* de *fillette, d'amour tardif* [...] de *grâces vieillies.* « (II, 5, p. 318).

Les associations dépréciatives (substantif + adjectif) que nous soulignons limitent un champ lexical où dominent la puérilité, le ridicule, le grotesque, la dégradation suivant un mouvement qui s'amplifie jusqu'à l'absurde. L'association d'un nom et d'une qualité en apparence contradictoire est une belle réussite stylistique.

Le héros en situation de réussite dans la plénitude de son triomphe

« *Il aperçut la foule* [...] *venue là pour lui* → *Le peuple de Paris le contemplait* → *Il découvrit la place de la Concorde* → *la Chambre des députés* → *Il allait faire un bond du portique de la Madeleine au portique du Palais-Bourbon*» (II, 10, p. 415).

Bel-Ami, lentement, sûrement, suit un parcours de majesté : c'est l'ascension irrésistible, insolente, dans cette évocation d'une puissance solitaire et tranquille.

ÉNUMÉRATIONS, COMPARAISONS, MÉTAPHORES

Que ce soit dans l'évocation des lieux, des portraits, des situations, l'art du styliste est de mettre en valeur les diverses métamorphoses d'un homme parti de rien et qui réussit dans un milieu qui lui ressemble. Pour donner tout son relief à ce travail stylistique, Maupassant utilise trois types de techniques : l'énumération, la comparaison, la métaphore.

– *L'énumération :* l'utilisation efficace de l'énumération facilite la tâche de l'écrivain. C'est ainsi que la description des Folies-Bergère fonctionne selon quatre énumérations qui amplifient l'importance d'un lieu où « la crapule domine » : « Remarque donc l'orchestre [...] Aux loges [...] Voici des employés [...] Quant aux femmes [...] L'une de ces femmes... » (I, 1).

Les Échos, la « moelle du journal », illustrent les pouvoirs de la presse multipliés par l'énumération : « Il faut savoir glisser [...] Il faut, par des sous-entendus [...] Il faut que [...] (I, 6, p. 1 55).

Maupassant cultive ainsi l'art de la *gradation,* une savante alchimie stylistique :

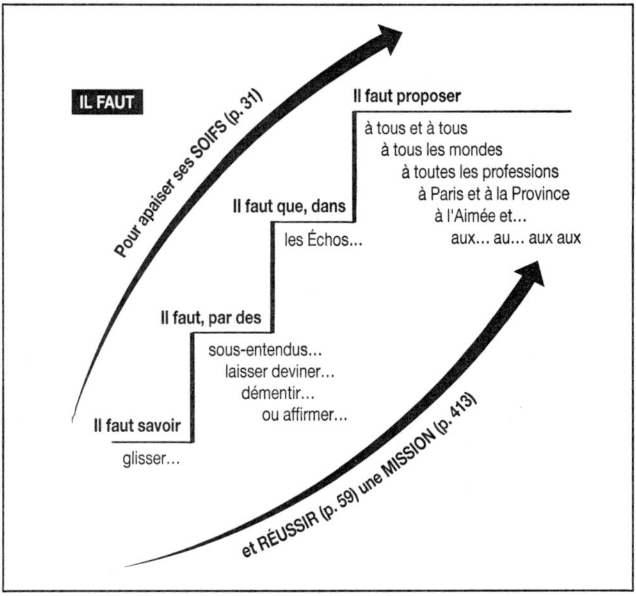

– Les *comparaisons :* Maupassant, comme Flaubert, encore qu'à moindre degré, est « dévoré de comparaisons ». Cette dévoration est complète dans la mesure où elle recouvre la totalité de l'impression : les regards de Duroy s'étendent « comme des coups d'épervier » (I, 1) ; les comparaisons donnent une image sensuelle lorsqu'elles prennent une forme gustative : « Les huîtres d'Ostende furent apportées, mignonnes et grasses, semblables à de petites oreilles enfermées en des coquilles » (I, 5, p. 110) ; une mappemonde « semble mûrir comme un melon d'appartement ».

Le styliste excelle à préciser une *image* qui colle à la vision : en ce sens, la réussite est totale quand Mme Walter « apportait dans son étreinte une ardeur inhabile et une application sérieuse qui donnaient à rire à Duroy et le faisaient songer aux vieillards qui essayent d'apprendre à lire » (II, 5, p. 319).

– La *métaphore :* cette figure de style qui compare des éléments sans avoir recours à un mot de comparaison, est une figure majeure des procédés artistiques du styliste. La soif est ainsi la métaphore de l'ambition et de la réussite ; le boulevard est la métaphore de l'aventure ; les Folies-Bergère ou la salle cachée de quelque restaurant est la métaphore du plaisir et du désir ; la femme est la métaphore de la réussite...

L'eau, enfin, est une métaphore majeure ; c'est l'élément primitif vers lequel glisse la société qui s'enfonce vers les fonds vaseux de la décadence. La société, la ville, une civilisation tout entière, gorgée de lassitude, se dégradent, se liquéfient : la ville transpire « dans la nuit étouffante » (I,1, p. 30) ; la soif tenaille (I, 1, p. 31-32) ; la foule « glissait [...] exténuée et lente » (I, 1, p. 33) ; une « odeur étrange [...] flottait dans ce lieu » (I, 1, p. 37) ; Forestier « avala » son bock « d'un seul trait » cependant que Duroy « buvait la bière à lentes gorgées » (I, 1, p. 38) ; les promeneurs, sur le boulevard, sont « entraînés dans le courant des promeneurs » (I, 1, p. 44) ; la chevelure de Norbert de Varenne « se répandit comme de l'eau sur le bras nu de la jeune femme » (I, 2, p. 52). Tout se transforme, se gâte, revient à l'unité originelle.

Comment ne pas conclure comme François Maurine : « Hé bien [...] C'est une technique qui défie le temps. Tout grand roman est poétique : Maupassant, à sa façon, est poète, lui aussi... »

TROISIÈME PARTIE

Six lectures méthodiques

Texte 1 | Première partie, chapitre 1

(*Bel-Ami*, pages 29-30)

Quand la caissière lui eut rendu la monnaie de sa pièce de cent sous, Georges Duroy sortit du restaurant.

Comme il portait beau, par nature et par pose d'ancien sous-officier, il cambra sa taille, frisa sa moustache d'un geste militaire et familier, et jeta sur les dîneurs attardés un regard rapide et circulaire, un de ces regards de joli garçon, qui s'étendent comme des coups d'épervier.

Les femmes avaient levé la tête vers lui, trois petites ouvrières, une maîtresse de musique entre deux âges, mal peignée, négligée, coiffée d'un chapeau toujours poussiéreux et vêtue d'une robe toujours de travers, et deux bourgeoises avec leurs maris, habituées de cette gargote à prix fixe.

Lorsqu'il fut sur le trottoir, il demeura un instant immobile, se demandant ce qu'il allait faire. On était au 28 juin, et il lui restait juste en poche trois francs quarante pour finir le mois. Cela représentait deux dîners sans déjeuners, ou deux déjeuners sans dîners, au choix. Il réfléchit que les repas du matin étant de vingt-deux sous, au lieu de trente que coûtaient ceux du soir, il lui resterait, en se contentant des déjeuners, un franc vingt centimes de boni, ce qui représentait encore deux collations au pain et au saucisson, plus deux bocks sur le boulevard. C'était là sa grande dépense et son grand plaisir des nuits ; et il se mit à descendre la rue Notre-Dame-de-Lorette.

Il marchait ainsi qu'au temps où il portait l'uniforme des hussards, la poitrine bombée, les jambes un peu entrouvertes comme s'il venait de descendre de cheval ; et il avançait brutalement dans la rue pleine de monde, heurtant les épaules, poussant les gens pour ne point se déranger de sa route. Il inclinait légèrement sur l'oreille son chapeau à haute forme assez défraîchi, et battait le pavé de son talon. Il avait l'air de toujours défier quelqu'un, les passants, les maisons, la ville entière, par chic de beau soldat tombé dans le civil.

INTRODUCTION

Situer le passage

Ce texte constitue l'ouverture du roman ou incipit. Le romancier présente l'ensemble de ce qui est nécessaire au démarrage de l'intrigue et à la mise en place de l'intérêt romanesque.

Dégager des axes de lecture

Le texte peut être lu comme l'incipit d'un roman réaliste. Fournissant des informations, il répond aux questions : où ? quand ? qui ? et donne « l'illusion du réel », pour reprendre une formule de Maupassant. Le passage propose d'autre part le portrait d'un héros ambigu qui se meut dans une société fin de siècle. Georges Duroy se présente comme un héros conquérant, mais est aussi veule et obsédé par l'argent.

PREMIER AXE DE LECTURE « L'ILLUSION DU RÉEL »

Un cadre réel

Le texte s'ouvre par la présentation implicite d'une localisation géographique : la scène se déroule à Paris. Une indication précise et réelle (la rue Notre-Dame-de-Lorette), une référence au « boulevard », associé au « plaisir des nuits », l'indique. À l'époque, l'allusion était évidente : il s'agit des Boulevards des Capucines et des Italiens, et le lecteur suit ainsi le protagoniste dans ce quartier du IXe Arrondissement. Le lieu de la fiction est jalonné d'indices spatiaux selon une technique caractéristique des textes réalistes.

De même, Maupassant multiplie les ancrages temporels. Il propose une date, le « 28 juin », sans préciser l'année. Le romancier semble raconter directement l'histoire de ses contemporains, situant l'histoire comme proche de l'année de la publication du roman : 1885. Les mots « gargote à prix fixe », « bock », « chapeau à haute forme », et les multiples évocations de la monnaie et des prix en vigueur, sont autant d'indications temporelles significatives.

In medias res

L'incipit fait entrer le lecteur de plain-pied dans l'intrigue, *in medias res,* car dès les premières lignes, le narrateur rattache l'intrigue à quelque chose de déjà commencé (« Quand la caissière lui eut rendu la monnaie [...] »). Le lecteur prend en marche un mouvement déjà créé. L'incipit propose une « entrée » du protagoniste, qui est comme l'image de l'entrée du lecteur dans la fiction romanesque. A la fin de la première phrase, en effet, Georges Duroy sort du restaurant. Après être resté « un instant immobile », il se met en marche dans la ville ; il part à la conquête de Paris, passe d'un lieu clos (le restaurant) à un lieu ouvert, ce qui rend possibles tous les apprentissages du protagoniste.

La capitale est d'ailleurs fréquemment choisie comme décor des romans de formation : elle permet la rupture d'avec le milieu d'origine et rend vraisemblable l'ascension sociale de ces héros de romans. Ceux-ci se rendent à Paris pour devenir adultes ou pour se créer une nouvelle identité : la ville joue donc en quelque sorte le rôle d'initiatrice.

Présentation du protagoniste

Le personnage, sa situation en ce début de roman, et ses actions sont présentés de l'extérieur, par un narrateur omniscient qui sait tout du protagoniste. Il nous révèle son nom, ce qui attise la curiosité du lecteur : quel rapport existe-t-il entre ce patronyme et le titre du roman ? Il nous apprend aussi son passé de hussard et ses soucis en ce jour d'été : Georges Duroy est un « ancien sous-officier » et il marche « ainsi qu'au temps où il portait l'uniforme des hussards ». Par manque d'argent, il doit se contenter d'un repas par jour. Individu brutal, obsédé par des besoins nécessaires (l'argent, la soif), le héros est, quelques lignes plus tard, travaillé par le désir « d'une rencontre amoureuse ». C'est un être du manque en quête d'un statut et d'une identité.

Le lecteur assiste à un glissement de la focalisation zéro à la focalisation interne[1] puisque, dans certains passages, le narrateur délègue ses pouvoirs d'observateur à Bel-Ami qui propose alors son point de vue. Ainsi, l'énumération des femmes qui le regardent est le fait du héros. Il a jeté autour de lui « un regard rapide et circulaire » (l. 5-6). Cette description est subjective : le lecteur discerne ainsi un certain mépris du protagoniste à l'égard de ces femmes. La maîtresse de musique est décrite comme « mal peignée, négligée, coiffée d'un chapeau toujours poussiéreux et vêtue d'une robe toujours de travers ». De la même façon, le lecteur est associé à la réflexion de Duroy à sa sortie du restaurant par l'emploi du style indirect : « Il réfléchit que les repas du matin étant de vingt-deux sous, [...] il lui resterait, en se contentant des déjeuners, un franc vingt centimes de boni [...] »

DEUXIÈME AXE DE LECTURE
UN HÉROS AMBIGU

Un héros conquérant

Dans l'incipit, Duroy part à la conquête de la capitale, qui devient le terrain de son ascension sociale. Cet esprit de conquête est explicité par le vocabulaire militaire : le héros est un « ancien sous-officier », il porte « l'uniforme des hussards «, il bat « le pavé de son talon ».

Le texte se présente comme la mise en scène d'un destin en marche. Le rythme dynamique des phrases évoque cette marche conquérante et il y a multiplication des verbes de mouvement (« Il avançait brutalement [...], heurtant les épaules, poussant les gens pour ne point se déranger de sa route »). Le participe présent a ici une valeur descriptive, telle une indication de mise en scène. Le héros agit en militaire qui occupe un terrain conquis : « il avait l'air de toujours défier quelqu'un. » L'accumulation qui suit le verbe « défier » est une amplification révélatrice : de « quelqu'un », on passe « aux passants » pour finir sur « la ville entière ». Duroy apparaît

1. On appelle focalisation zéro la vision par un narrateur omniscient. La focalisation interne suppose que le narrateur fait voir les choses à travers l'œil de ses personnages.

brutal (« brutalement », « heurtant », « poussant ») et est comparé à un prédateur : ses regards sont semblables à « des coups d'épervier ».

Un héros médiocre

Le manque de moyens pécuniaires empêche le héros de satisfaire ses besoins élémentaires et devient une véritable obsession. Son discours est même répétitif. « Il lui restait juste en poche trois francs quarante pour finir le mois. » Il décide alors de se « content (er) des déjeuners » et il gardera « un franc vingt centimes de boni ». Tout le texte est parcouru par le champ lexical de l'argent. Et Georges Duroy est le symbole de cette société fin de siècle placée sous le règne de l'argent qui a tout corrompu. Maupassant explique ainsi les défauts de Duroy par le milieu dans lequel il évolue[2].

Dans cet incipit, Georges Duroy cherche à paraître ce qu'il n'est pas ou ce qu'il n'est plus. Il pose, est à la recherche d'une identité : « par pose d'ancien sous-officier », « il cambra sa taille », « il inclinait légèrement sur l'oreille son chapeau à haute forme assez défraîchi ». Et pourtant l'allusion à son chapeau élimé et à sa fréquentation d'une « gargote à prix fixe » ne laisse aucun doute sur la médiocrité de son état.

Malgré cela, Duroy est empreint d'une indéniable séduction. Il a un regard de « joli garçon », une démarche d'ancien militaire, et il use de l'attrait de sa moustache, la preuve de sa virilité[3], qu'il « frisa [...] d'un geste militaire et familier ». Ici aussi, Duroy est le symbole d'une décadence, celle d'une société parisienne où l'apparence et l'hypocrisie, moteurs d'ascension sociale, sont de rigueur.

Un héros séduisant

Dès la première phrase du roman, « Quand la caissière lui eut rendu la monnaie de sa pièce de cent sous, Georges Duroy sortit du

---

2. Dans sa réponse aux critiques de *Bel-Ami,* en juillet 1885, Maupassant affirme ainsi que son héros est « une graine de gredin, qui va pousser dans le terrain où elle tombera [...] », qu'il s'agit d'une « crapule », « développée dans un milieu digne d'elle ». Il y a donc interaction entre le personnage choisi par le romancier et le milieu, accord parfait.
3. « Un homme sans moustache n'est plus un homme. [...] La moustache est indispensable à une physionomie virile »., affirme la narratrice de *La Moustache, Contes et Nouvelles,* Pléiade, t I, p. 918.

restaurant », l'accent est mis sur un certain équilibre entre le protagoniste et la gent féminine : le narrateur suggère l'importance des relations que le héros entretiendra avec les femmes, par la présentation simultanée du héros et de la caissière. Cet incipit annonce[4] les thèmes du roman et le rôle des femmes dans l'apprentissage du héros.

De nombreuses femmes sont subjuguées par le charme du héros, quelle que soit leur couche sociale : « petites ouvrières », « maîtresse de musique », « bourgeoises ». Ce héros a le charme caractéristique de « l'homme-fille », type d'homme que Maupassant décrit dans un conte publié en 1883 : arriviste sans scrupules, il présente « les défauts des charmantes drôlesses », c'est-à-dire les prostituées. Le goût de Georges Duroy pour la pose et l'argent le classe parmi cette nouvelle catégorie d'individus que l'on trouve essentiellement – aux dires de Maupassant – dans les milieux de la presse et de la politique...

Cet « homme-fille » obéit ainsi, sans discernement, aux oscillations de sa pensée toujours entraînée »[5] : le héros « demeura un instant immobile, se demandant ce qu'il allait faire ». Il se met ensuite en mouvement, poussé par la soif.

CONCLUSION

Georges Duroy apparaît dans cet incipit comme un personnage de héros ambigu, amoral et impulsif, au début d'une ascension sociale qui s'annonce déjà. Le début du roman nous ouvre des perspectives quant à la suite de l'intrigue, en attirant notre attention sur le rôle des femmes et de l'argent dans la formation du protagoniste, tout en répondant aux questions liminaires que le lecteur se pose.

---

4. « Un homme sans moustache n'est plus un homme. [...] La moustache est indispensable à une physionomie virile »., affirme la narratrice de *La Moustache, Contes et Nouvelles,* Pléiade, t I, p. 918.. Dans le manuscrit d'origine, avant les corrections apportées par Maupassant lui-même, Georges Duroy recevait sa monnaie non d'une caissière mais d'« un patron », ce qui étaye notre idée d'équilibre des sexes voulu par le romancier.

5. « L'Homme-fille », Contes et Nouvelles I, p. 754.

Texte 2 | Première partie, chapitre 5

(*Bel-Ami*, pages 110-111)

Les huîtres d'Ostende furent apportées, mignonnes et grasses, semblables à de petites oreilles enfermées en des coquilles, et fondant entre le palais et la langue ainsi que des bonbons salés. Puis, après le potage, on servit une truite rose comme de la chair de jeune fille ; et les convives commencèrent à causer. On parla d'abord d'un cancan qui courait les rues, l'histoire d'une femme du monde surprise, par un ami de son mari, soupant avec un prince étranger en cabinet particulier.

Forestier riait beaucoup de l'aventure ; les deux femmes déclaraient que le bavard indiscret n'était qu'un goujat et qu'un lâche. Duroy fut de leur avis et proclama bien haut qu'un homme a le devoir d'apporter en ces sortes d'affaires, qu'il soit acteur, confident ou simplement témoin, un silence de tombeau. Il ajouta : — Comme la vie serait pleine de choses charmantes si nous pouvions compter sur la discrétion absolue les uns des autres. Ce qui arrête souvent, bien souvent, presque toujours les femmes, c'est la peur du secret dévoilé.

Puis il ajouta, souriant : — Voyons, n'est-ce pas vrai ?

Combien y en a-t-il qui s'abandonneraient à un rapide désir, au caprice brusque et violent d'une heure, à une fantaisie d'amour, si elles ne craignaient de payer par un scandale irrémédiable et par des larmes douloureuses un court et léger bonheur !

Il parlait avec une conviction contagieuse, comme s'il avait plaidé une cause, sa cause, comme s'il eût dit : — Ce n'est pas avec moi qu'on aurait à craindre de pareils dangers. Essayez pour voir.

Elles le contemplaient toutes les deux, l'approuvant du regard, trouvant qu'il parlait bien et juste, confessant par leur silence ami que leur morale flexible de Parisiennes n'aurait pas tenu longtemps devant la certitude du secret.

INTRODUCTION

Situer le passage

Georges Duroy, malgré ses efforts, trouve que « la fortune rapide » qu'il a espérée « lui sembl [e] bien lente à venir » et sent « la médiocrité morale de sa situation » (p. 102). Sur les conseils de Mme Forestier, il rend visite à Mme de Marelle qui l'invite alors à un dîner intime au Café Riche, avec les Forestier. Après une description du décor, le narrateur évoque le repas et les conversations des convives.

Dégager des axes de lecture

Le romancier nous propose dans ce texte un exemple de son art du roman en mêlant savamment tous les ingrédients du récit. Le passage peut également se lire comme le raisonnement d'un séducteur qui tente de gagner un public féminin.

PREMIER AXE DE LECTURE
L'ART DU ROMAN

Un récit savamment composé

Maupassant excelle dans l'art de la composition : les deux premiers paragraphes évoquent l'arrivée des plats. La conversation démarre ensuite sur une anecdote traitée globalement, comme le montre l'emploi du pronom impersonnel « on » (l. 6). Duroy cherche alors à prendre la parole, et se présente à son avantage. Dans le dernier paragraphe, les femmes réagissent favorablement à ses propos.

Au sein du texte, le romancier arrive à mêler la description et le discours rapporté sous toutes ses formes. Les premières lignes narratives au passé simple passif (« furent apportées ») sont descriptives : les huîtres d'Ostende sont « mignonnes et grasses, semblables à de petites oreilles enfermées en des coquilles, et fondant entre le palais et la langue ainsi que des bonbons salés ». Le narrateur multiplie plus loin les verbes introducteurs de dialogue et varie les types de discours rapporté : discours direct, visible par la ponctuation (« Il ajouta : – [...] », employé à deux reprises, « comme s'il eût dit : – [...] ») ; discours indirect (« les deux femmes déclaraient que [...] », « Duroy [...] proclama bien haut qu'un homme [...] », sans oublier l'évocation du « cancan »). L'ensemble du passage est organisé par une accumulation de connecteurs logiques et chronologiques : « puis », « et », « d'abord », « puis ».

Points de vue et pensées secrètes

Le texte propose différents types de points de vue. Le narrateur est d'abord omniscient : il présente le repas et la conversation de l'extérieur, sans *a priori* émettre de jugement, les discours et les gestes étant rapportés tels quels. Cependant, à la lecture du dernier paragraphe, il est difficile de savoir de quel point de vue narratif il s'agit (« trouvant qu'il parlait bien et juste, confessant par leur silence ami que leur morale flexible de Parisiennes n'aurait pas tenu longtemps devant la certitude du secret »). Est-ce la déduction d'un narrateur extérieur à l'intrigue ou l'opinion des deux femmes ?

Certaines attitudes suggèrent les pensées secrètes des personnages : le sourire de Duroy est une invite implicite à l'aventure amoureuse et montre son assurance grandissante ; le rire de Forestier indique son incompréhension de la femme, de sa femme. Dans la suite du roman, on apprendra qu'il était trompé par Madeleine.

Les personnages parlent de leur expérience personnelle tout en se cachant derrière un discours généralisant. Ainsi, dans les paroles de Duroy (l. 11 à 22) on relève : « un homme », « nous », « les uns des autres », « les femmes », « Combien y en a-t-il », « elles ».

DEUXIÈME AXE DE LECTURE
LE DISCOURS ARGUMENTATIF D'UN SÉDUCTEUR

Des mots et des mets

Maupassant utilise un lieu commun de la littérature, l'association de l'amour et de la nourriture : les mets sont le substitut du désir amoureux ou son complément. Dans *Bel-Ami,* nombreux sont les dîners où l'on parle d'amour. Bien manger excite la convivialité et les rapprochements amoureux.

Les plats présentés au début du passage sont fortement érotisés puisqu'ils sont comparés à des attributs féminins. Les huîtres sont ainsi « semblables à de petites oreilles enfermées en des coquilles », la truite rose est « comme de la chair de jeune fille ». Le narrateur fait glisser le texte de la bonne chère à la bonne chair, en multipliant les images associant plaisirs de la table et plaisirs de l'amour...

L'art de la persuasion

Duroy est le seul personnage qui s'exprime au style direct. Sa faconde l'oppose à Forestier, et suscite la bienveillance de son public féminin. Son discours est orienté vers son auditoire, deux Parisiennes dont il faut tester la « morale flexible ». Duroy sait depuis la fin du chapitre 4 que Mme Forestier a pour amant le comte de Vaudrec. Il a également appris que Mme de Marelle était une bohème qui entretenait avec son mari des relations épisodiques.

Il multiplie donc les tournures propres à un art de la persuasion pour séduire les deux femmes : il s'insurge contre l'indiscrétion fréquente dans les aventures amoureuses en utilisant nombre d'exclamations (« Comme la vie serait pleine de choses charmantes [...] », « Combien y en a-t-il [...] ! »), et pose une question dont la réponse par l'affirmative ne laisse aucun doute (« - Voyons, n'est-ce pas vrai ? »). Son discours est globalisant : il utilise un présent de vérité générale et un verbe d'obligation : « un homme a le devoir d'apporter en ces sortes d'affaires [...] un silence de tombeau ».

En fait, il se veut le défenseur des femmes adultères et parle donc comme un avocat : il « proclam [e] bien haut », « parl [e] avec une conviction contagieuse ». Il met une telle passion dans son apologie du « silence de tombeau » dans les « affaires » de cœur qu'il en vient à parler « comme s'il avait plaidé une cause, sa cause », dernier terme qui souligne l'art de l'orateur dans le discours judiciaire.

Un numéro d'acteur

Le texte peut se lire comme une saynète de théâtre : le narrateur multiplie les paroles rapportées des personnages, et propose des indications scéniques sur leurs attitudes. Forestier rit, Duroy est « souriant ». Après ce passage, le narrateur décrit la position adoptée par Forestier : « presque couché sur le canapé, une jambe repliée sous lui ». Les convives ont des attitudes qui éclairent leur caractère : les femmes confessent « par leur silence ami que leur morale flexible de Parisiennes n'aurait pas tenu longtemps devant la certitude du secret ».

Duroy cherche à persuader les femmes qu'il est différent des hommes qui trahissent les secrets d'alcôve. Il s'oppose aux interdits, parle « comme s'il eût dit : — Ce n'est pas avec moi qu'on aurait à craindre de pareils dangers. Essayez pour voir ». En séducteur, il évoque une vie qui « serait pleine de choses charmantes » si la discrétion des uns et des autres était assurée. Il parle de la passade adultère, un « rapide désir », un « caprice [...] d'une heure », un « court et léger bonheur ». Il théorise en fait que la femme peut rechercher le bonheur même hors mariage.

CONCLUSION

Ce dîner intime est essentiel dans l'évolution de l'intrigue : Duroy devient ensuite l'amant de Mme de Marelle. Sa stratégie a porté ses fruits. Il a su deviner que derrière le « sourire ami » des deux femmes se trouvait un assentiment à une relation adultère.

Le romancier met ici en scène deux femmes modernes, qui refusent d'être le « second sexe ». Selon Maupassant, « la femme se forme et se modifie à l'image de la société où elle vit »[6]. La société fin de siècle voit ainsi naître deux types nouveaux de femmes : l'intellectuelle ou la politicienne, et la Parisienne qui assume sa sensualité et ses goûts canailles.

6. « Les Femmes », in *Chroniques*, t I, p. 301

Texte 3 | Première partie, chapitre 7

(*Bel-Ami*, page 189)

Il se mit à raisonner en philosophe sur la possibilité de cette chose : « Aurais-je peur ? »

Non certes il n'aurait pas peur puisqu'il était résolu à aller jusqu'au bout, puisqu'il avait cette volonté bien arrêtée de se battre, de ne pas trembler. Mais il se sentait si profondément ému qu'il se demanda : « Peut-on avoir peur malgré soi ? » Et ce doute l'envahit, cette inquiétude, cette épouvante ! Si une force plus puissante que sa volonté, dominatrice, irrésistible le domptait, qu'arriverait-il ? Oui, que pouvait-il arriver !

Certes il irait sur le terrain puisqu'il voulait y aller. Mais s'il tremblait ? Mais s'il perdait connaissance ? Et il songea à sa situation, à sa réputation, à son avenir.

Et un singulier besoin le prit tout à coup de se relever pour se regarder dans sa glace. Il ralluma sa bougie. Quand il aperçut son visage reflété dans le verre poli, il se reconnut à peine, et il lui sembla qu'il ne s'était jamais vu. Ses yeux lui parurent énormes ; et il était pâle, certes, il était pâle, très pâle.

Tout d'un coup, cette pensée entra en lui à la façon d'une balle : « Demain, à cette heure-ci, je serai peut-être mort. » Et son cœur se remit à battre furieusement.

Il se retourna vers sa couche et il se vit distinctement étendu sur le dos dans ces mêmes draps qu'il venait de quitter. Il avait ce visage creux qu'ont les morts et cette blancheur des mains qui ne remueront plus.

Alors il eut peur de son lit, et afin de ne plus le voir il ouvrit la fenêtre pour regarder dehors.

INTRODUCTION

Situer le passage

Georges Duroy, pris à partie par le rédacteur d'un autre journal, se sent obligé de réagir et décide de se battre en duel pour défendre son honneur et celui de *La Vie Française.* Maupassant décrit les angoisses de son héros, confronté directement à la mort[7]. Le lecteur découvre ainsi en Duroy une certaine lâcheté qui le laisse en proie à des hallucinations visuelles.

Dégager des axes de lecture

Le point de vue adopté le plus souvent dans le passage est la focalisation interne (paragraphes 1, 2, 3) : le romancier propose au lecteur de s'identifier aux angoisses de son héros, obligé bien malgré lui de se battre en duel. Le texte se présente comme un récit dramatique où la peur envahit de plus en plus le protagoniste. Ce dernier veut « raisonner en philosophe » : il tente de rester lucide dans son introspection, mais ne peut échapper au délire.

PREMIER AXE DE LECTURE
UN RÉCIT DRAMATIQUE

Un rythme saccadé

Le passage s'organise selon une alternance. À des périodes de tension (paragraphes 2 et 3), succèdent des périodes de pause (paragraphes 4, 5 et 6), ces dernières, essentiellement descriptives (de « Et un singulier [...] » jusqu'à la fin du texte), étant prises en charge par un narrateur omniscient.

De nombreux mots charnières rythment le texte. Leur répétition intensifie la dramatisation du discours introspectif du héros et montre son exaltation. On relève ainsi « mais », « et », « certes », « tout d'un coup », « alors ».

7. Le passage renvoie implicitement à deux textes. Au chapitre 6, Norbert de Varenne, dans un célèbre discours, avait parlé à Bel-Ami de cette idée fixe qui le rongeait, la certitude d'une mort prochaine. Au chapitre 7, Forestier agonise.

Une dramatisation à travers les temps

Le passage est encadré par des verbes conjugués au passé simple, temps traditionnellement utilisé dans la narration : « Il se mit à raisonner [...], » il eut peur de son lit, et afin de ne plus le voir il ouvrit la fenêtre [...] ». Mais, on trouve également de nombreux verbes au futur (« Demain, à cette heure-ci, je serai peut-être mort »), ou au présent. On est également sensible à l'usage répétitif du conditionnel présent qui montre les angoisses d'un Duroy qui s'interroge à la fois en style direct (« Aurais-je peur ? ») et en style indirect libre (« Non certes il n'aurait pas peur [...] », « Si une force plus puissante que sa volonté [...] le domptait, qu'arriverait-il ? » et « certes il irait sur le terrain »). Le conditionnel est utilisé ici parce qu'il s'agit d'un passage de discours indirect libre où le narrateur rapporte à la 3e personne les propos intérieurs du héros

La progression de la peur

Tous les éléments de l'angoisse sont présents dans le texte : la solitude, la nuit, la claustration. Le discours de Duroy glisse progressivement vers le délire. Cette évolution est rendue possible par certaines circonstances. Le héros se retrouve seul avec son angoisse, ne peut pas confronter ses sensations avec un autre. C'est la nuit, l'on sait qu'elle suscite une peur de l'inconnu. Le héros est dans un milieu clos, décor favorable chez Maupassant à l'intrusion de la peur et du surnaturel. Pour lutter contre la peur, il ouvre d'ailleurs la fenêtre, « pour regarder dehors ». La peur de Duroy va grandissante, jusqu'à se traduire par certains symptômes de psychopathologie comme l'autoscopie ou le dédoublement de la personnalité[8]. Son angoisse se manifeste physiquement : « ses yeux lui parurent énormes », il est « pâle, très pâle », « son cœur se remit à battre furieusement ». En se regardant dans la glace, « Il se reconnut à peine ». Ses sens le trompent totalement : « il se vit distinctement étendu sur le dos dans ces mêmes draps qu'il venait de quitter ». Le romancier

8. L'autoscopie est une hallucination par laquelle on croit se voir soi-même..

joue sur toute la panoplie de la peur, mêlant symptômes physiques et hallucinations mentales.

L'angoisse de Georges Duroy, la peur de mourir, est montrée par une allitération (une répétition de consonnes) : « Et un Singulier besoin le prit tout à coup de Se relever pour Se regarder dans Sa glace. » Une image, « à la façon d'une balle », rappelle la cause première de cette angoisse : Duroy doit se battre en duel et l'arme utilisée est le pistolet.

DEUXIÈME AXE DE LECTURE UN DISCOURS AMBIGU : DU RAISONNEMENT À LA FOLIE

Un « moi » qui raisonne

La focalisation du texte se réduit essentiellement à celle du héros, ce qui rend le discours très subjectif. La répétition des adjectifs démonstratifs – des déictiques – plonge le lecteur dans la pensée de Duroy : « cette volonté », « ce doute [...], cette inquiétude, cette épouvante ». Dans de nombreux passages le point de vue est celui de Duroy lui-même, qui se trouve confronté à la peur et cherche à se raisonner. Le narrateur utilise le champ lexical de la volonté et de la raison : il veut « raisonner en philosophe » ; on trouve « résolu », « volonté ». Il articule son discours autour de nombreux connecteurs logiques. Il insiste sur les rapports entre cause et conséquence, multiplie les « puisque », emploie à maintes reprises « certes », « mais », « et ». Il se pose même une question métaphysique « Peut-on avoir peur malgré soi ? » : on retrouve dans la citation le caractère généralisant du pronom impersonnel et du présent de vérité générale.

Duroy s'autoanalyse, il se dissocie en deux « Moi » : l'un raisonnable, l'autre esclave de la peur et donc lâche[9].

9. Cette dissociation du « moi » en deux entités distinctes, voire antithétiques, se manifestait déjà dans un des contes de l'angoisse, *Sur l'eau*, paru en 1881.

Une introspection délirante

Ce discours intimiste montre des signes de délire tels les nombreuses répétitions (les connecteurs par exemple). Ainsi les paragraphes 2 et 3 proposent une succession identique des mots charnières : dans l'ordre, on peut lire « certes », « puisque », « mais », « et », « si ». Cette répétition stylistique est volontaire : le romancier veut mettre l'accent sur la folie grandissante de son héros.

Le héros montre également des signes d'excitation, d'exaltation. Son discours propose une abondance de points d'exclamation et d'interrogation (l. 7,8,9,10). Il cherche le mot juste pour analyser sa peur, ce que montre cette énumération ternaire, par segments juxtaposés : « ce doute [...], cette inquiétude, cette épouvante », qui marque la gradation du sentiment qui l'envahit. Duroy en vient à se parler à lui-même, et cherche à s'auto-persuader (« Non certes », l. 3 ; « oui », l. 8).

Le thème du double

Par le biais du thème du miroir, qui revient régulièrement dans le roman (cf. chapitre 11), Maupassant nous fait glisser du réalisme au fantastique. La glace dans laquelle Duroy se regarde ne reflète pas son image : « quand il aperçut son visage reflété dans le verre poli, il se reconnut à peine, et il lui sembla qu'il ne s'était jamais vu. » Le miroir lui a dérobé son identité ; un autre a pris sa place, qu'il ne reconnaît pas. Plus loin, son double se couche dans ses draps et le héros en fait même une description : « il avait ce visage creux qu'ont les morts et cette blancheur des mains qui ne remueront plus. » Dans ces derniers paragraphes, le romancier insiste sur des thèmes qui lui sont chers : « Qui suis-je ? » « Si je ne me reconnais pas dans une glace, c'est que je suis un autre ou qu'un autre a pris mon identité, un Horla peut-être ? [10] ». Ce « visage creux » sorti d'une hallucination visuelle (« il aperçut », « il se vit ») indique clairement l'obsession de la mort.

---

10. On rappelle que le romancier avait assisté dès 1884 au cours du célèbre aliéniste Charcot à la Salpêtrière. De plus, les thèmes abordés dans ce passage seront repris dans le « Horla », paru en 1887. Le « horla » est le double du narrateur dans la nouvelle.

CONCLUSION

Ce texte se présente comme une superposition de discours : Duroy, pour combattre sa peur, se veut rassurant et persuasif, mais ce discours introspectif a un effet déstabilisant sur le lecteur. Ce dernier est surtout sensible à l'exaltation du héros et à ses hallucinations. Même dans un roman réaliste, Maupassant glisse donc des éléments propres à ses récits fantastiques.

Texte 4 | Deuxième partie, chapitre 1

(*Bel-Ami*, page 250)

Ce fut un long déjeuner de paysans avec une suite de plats mal assortis, une andouille après un gigot, une omelette après l'andouille. Le père Duroy, mis en joie par le cidre et quelques verres de vin, lâchait le robinet de ses plaisanteries de choix, celles qu'il réservait pour les grandes fêtes, histoires grivoises et malpropres arrivées à ses amis, affirmait-il. Georges, qui les connaissait toutes, riait cependant, grisé par l'air natal, ressaisi par l'amour inné du pays, des lieux familiers dans l'enfance, par toutes les sensations, tous les souvenirs retrouvés, toutes les choses d'autrefois revues, des riens, une marque de couteau dans une porte, une chaise boiteuse rappelant un petit fait, des odeurs de sol, le grand souffle de résine et d'arbres venu de la forêt voisine, les senteurs du logis, du ruisseau, du fumier.

La mère Duroy ne parlait point, toujours triste et sévère, épiant de l'œil sa bru avec une haine éveillée dans le cœur, une haine de vieille travailleuse, de vieille rustique aux doigts usés, aux membres déformés par les dures besognes, contre cette femme de ville qui lui inspirait une répulsion de maudite, de réprouvée, d'être impur fait pour la fainéantise et le péché. Elle se levait à tout moment pour aller chercher les plats, pour verser dans des verres la boisson jaune et aigre de la carafe ou le cidre roux mousseux et sucré des bouteilles dont le bouchon sautait comme celui de la limonade gazeuse.

Madeleine ne mangeait guère, ne parlait guère, demeurait triste avec son sourire ordinaire figé sur les lèvres, mais un sourire morne, résigné. Elle était déçue, navrée. Pourquoi ? Elle avait voulu venir. Elle n'ignorait point qu'elle allait chez des paysans, chez de petits paysans. Comment les avait-elle donc rêvés, elle, qui ne rêvait pas d'ordinaire ?

INTRODUCTION

Situer le passage

Georges Duroy a épousé Madeleine Forestier et ils se rendent chez ses parents en Normandie. Les évocations des parents du héros parsèment le roman : Bel-Ami pense aux siens lors de moments qu'il juge critiques (cf. le duel), ou pour évaluer le chemin parcouru depuis ses débuts modestes et son arrivée dans la capitale.

Dégager des axes de lecture

Ce texte peut se lire selon deux axes distincts. D'une part, la nostalgie envahit Georges Duroy sur les lieux de son enfance. Ce passé retrouvé grâce à de nombreuses sensations permet de voir en Maupassant un romancier pré-proustien. D'autre part, le texte propose des portraits de paysans typiques ainsi que des figures féminines antithétiques.

PREMIER AXE DE LECTURE
A LA RECHERCHE DU TEMPS PERDU[11]

A la cueillette des sensations

Georges Duroy est « grisé », mais la cause de son ivresse est « l'air natal ». Bel-Ami est dans un état d'esprit favorable à ce travail de la mémoire : quelques lignes avant notre passage, il affirme être « content de revoir [ses] vieux » et que « ça fait plaisir tout de même » (p. 249).

La mémoire resurgit par le biais de sensations mnémoniques[12]. Elles sont olfactives (« odeurs de sol », évocation de la « résine », « senteurs du logis ») ou visuelles (« une marque de couteau dans une porte », « une chaise boiteuse rappelant un petit fait »).

11. Maupassant, à l'instar de Proust, a travaillé sur le motif de la mémoire. Pour Maupassant, la sensation qui aide le souvenir est surtout d'ordre olfactif alors que pour Proust, elle est essentiellement gustative (cf. l'épisode de la madeleine dans *Du Côté de chez Swann,* dans *La recherche du Temps perdu).*
12. Mnémonique : qui sert à aider la mémoire.

Le narrateur insiste sur la vision globalisante de l'émergence du souvenir : adjectifs indéfinis (« toutes les sensations, tous les souvenirs [...], toutes les choses [...] »), vocabulaire très imprécis (« choses », « des riens »), déterminants toujours indéfinis (« des riens », « une marque [...] », « une chaise [...] », « des odeurs »), aucune description précise.

« L'amour inné du pays »

Le romancier renvoie dos à dos la Normandie et Paris. Dans *Bel-Ami,* la Normandie est le lieu de l'enfance et du passé, rattachée aux racines familiales, que le héros renie afin d'oublier ses origines modestes. C'est le lieu de son identité, où il ne cherche pas à poser, à paraître, à l'opposé de Paris.

Ce passage fonctionne comme une pause dans l'intrigue. Il permet de découvrir une autre facette de Duroy, son attachement à ses racines. Le passé retrouvé (notons le préfixe « re » présent dans « ressaisi », « retrouvés » « revues ») ne permet pas au héros de s'échapper « hors du temps », mais lui rappelle celui qu'il était autrefois.

Le paysan normand : un type naturaliste

Dans ce passage, le narrateur met en évidence la grossièreté des paysans qu'il présente : il les transforme en types, les réduisant à des traits presque caricaturaux. Quelques pages avant notre texte, il brosse un portrait très grossier des parents du héros (p. 247). Dans la description du déjeuner, il affine ce qu'il a affirmé précédemment. Le père Duroy blague et raconte des « histoires grivoises et malpropres » pendant que sa femme « ne parlait point, toujours triste et sévère ».

La grossièreté du père Duroy est aussi évoquée par le vocabulaire de la boisson : le narrateur multiplie les références au vin ou au cidre (l. 4 ; l. 25 à 28). La métaphore utilisée pour qualifier les histoires du paysan est savoureuse, inattendue et vulgaire ; il « lâchait le robinet de ses plaisanteries de choix ».

Quant à la mère Duroy, le narrateur met en évidence certains traits physiques et moraux (que Maupassant utilise fréquemment dans ces portraits de Normands). Ses « membres [sont] déformés par les dures besognes »[13] ; elle éprouve une méfiance pour l'étrangère amenée par son fils, une femme venue de la ville.

L'ordonnancement du repas montre la rusticité des parents de Duroy : « ce fut un long déjeuner de paysans avec une suite de plats mal assortis ». On peut d'ailleurs se demander si cette analyse est une focalisation interne : c'est Madeleine qui est sensible à ce genre de choses.

DEUXIÈME AXE DE LECTURE : DES PERSONNAGES ANTITHÉTIQUES

Une saynète théâtrale

Le passage rappelle le texte évoquant le dîner au Café Riche (cf. Lecture méthodique 2) puisqu'il aborde les mêmes motifs : le repas associé à la grivoiserie, la théâtralité de la saynète, la nourriture comme révélateur de la personnalité des convives.

Le texte se présente comme une saynète à quatre personnages, où des indications scéniques révèlent les états d'âme de ces derniers. Le père Duroy parle et raconte ses histoires « malpropres ». Le héros, au diapason, rit (l. 7). Dans les deux paragraphes suivants, les femmes sont présentées l'une après l'autre, comme pour souligner leurs différences et décrire les sentiments qui les envahissent. Leurs seuls points communs sont leur tristesse et leur mutisme : « La mère Duroy ne parlait point », Madeleine « ne parlait guère ». Cependant la première est active, « se lev [ant] à tout moment [...] » alors que l'autre « demeurait triste avec son sourire ordinaire figé sur les lèvres ».

Des figures féminines antithétiques

Le narrateur adopte tour à tour les points de vue des deux femmes et nous fait pénétrer dans leurs pensées les plus secrètes. Il oppose ainsi la « vieille rustique » à la « femme de ville », la « travailleuse » à la « fainéantise ».

---

13. Dans *La Ficelle,* Maupassant affirme que les paysans sont déformés « par les rudes travaux, par la pesée sur la charrue [...] par toutes les besognes lentes et pénibles de la campagne », *Contes et Nouvelles I.*

Le sentiment qui prédomine chez la mère Duroy est la haine envers cette bru qui n'est pas celle dont elle a rêvé. Elle donne lieu à une phrase très longue, retorse, saccadée, où certains mots reviennent : « une haine éveillée dans le cœur, une haine de vieille travailleuse, de vieille rustique aux doigts usés, aux membres déformés [...] ».

Cette lente démonstration de haine traduit en fait la rusticité de cette paysanne, qui voit en Madeleine une envoyée du diable. Le narrateur emploie le champ lexical moral et religieux du mythe de la femme fatale, envoyée sur terre pour séduire l'homme. Elle éprouve une « répulsion » à l'égard de sa bru, qu'elle qualifie de « maudite », de « réprouvée », d' « être impur » et qui est associée au « péché ».

En face d'elle, Madeleine ressent un sentiment de déception : elle a rêvé les parents de son mari tout autres. Peut-être même éprouve-t-elle un certain mépris pour ces « petits paysans ».

CONCLUSION

Ce texte constitue une pause dans l'intrigue. Le narrateur nous fait apercevoir, de l'intérieur, les sentiments des personnages. Le héros apparaît plus humain, empreint d'une nostalgie sentimentale, d'un amour pour les lieux de son enfance. Ce retour aux origines, passage obligé dans l'intrigue, lui permet en quelque sorte de rompre avec son passé.

Le personnage qui s'étoffe ici est surtout Madeleine, déçue de sa visite. Une différence prend forme entre les deux époux et crée une faille de leur « association », un fossé qui va progressivement s'agrandir. Le pessimisme de Maupassant fait ici surface : la connaissance de l'autre est impossible.

Le passage propose enfin des portraits de paysans très caricaturaux qui font de Maupassant un romancier naturaliste.

Texte 5 | Deuxième partie, chapitre 2

(*Bel-Ami*, pages 257-258)

— Tu ne sais pas, nous avons à travailler, ce soir, avant de nous coucher. Je n'ai pas eu le temps de te parler de ça avant dîner, parce que Vaudrec est arrivé tout de suite. On m'a apporté des nouvelles graves, tantôt, des nouvelles du Maroc. C'est Laroche-Mathieu, le député, le futur ministre, qui me les a données. Il faut que nous fassions un grand article, un article à sensation. J'ai des faits et des chiffres. Nous allons nous mettre à la besogne immédiatement. Tiens, prends la lampe.

Il la prit et ils passèrent dans le cabinet de travail.

Les mêmes livres s'alignaient dans la bibliothèque qui portait maintenant sur son faîte les trois vases achetés au golfe Juan, par Forestier, la veille de son dernier jour. Sous la table, la chancelière du mort attendait les pieds de Du Roy qui s'empara, après s'être assis, du porte-plume d'ivoire, un peu mâché au bout, par la dent de l'autre.

Madeleine s'appuya à la cheminée, et ayant allumé une cigarette, elle raconta ses nouvelles, puis exposa ses idées, et le plan de l'article qu'elle rêvait.

Il l'écoutait avec attention, tout en griffonnant des notes ; et quand elle eut fini il souleva des objections, reprit la question, l'agrandit, développa à son tour non plus un plan d'article, mais un plan de campagne contre le ministère actuel. Cette attaque serait le début. Sa femme avait cessé de fumer, tant son intérêt s'éveillait, tant elle voyait large et loin en suivant la pensée de Georges.

Elle murmurait de temps en temps : — Oui... oui... C'est très bon... C'est excellent... C'est très fort...

Et quand il eut achevé, à son tour, de parler :

— Maintenant écrivons, dit-elle.

Mais il avait toujours le début difficile et il cherchait ses mots avec peine. Alors elle vint doucement se pencher sur son épaule et elle se mit à lui souffler ses phrases tout bas, dans l'oreille.

INTRODUCTION

Situer le passage

Les jeunes mariés retrouvent Paris et leurs habitudes : Georges Du Roy prend la suite de Forestier à *La Vie Française*. Madeleine, très informée politiquement, devient la muse de son mari et ce passage marque le retour de Madeleine sur la scène journalistique.

Dégager des axes de lecture

Les rapports entre les époux mettent en évidence le rôle dominant de Madeleine, sur le plan sentimental (elle a déjà été mariée) et journalistique. Il existe donc une certaine inversion des sexes. Le passage apparaît aussi comme un guide des procédés utiles pour la rédaction d'un article de journal.

PREMIER AXE DE LECTURE
L'INVERSION DES SEXES

Une femme moderne

Le passage brosse un portrait haut en couleur de Madeleine Forestier. Lors du voyage à Canteleu, elle apparaissait très mystérieuse, refusant de raconter son passé. Là, elle a connaissance de faits politiques par le ministre Laroche-Mathieu sans que l'on sache quelles sont leurs relations.

Madeleine Forestier fait partie des femmes pour lesquelles Maupassant avait des sentiments ambigus. Elle refuse d'être cantonnée aux domaines réservés traditionnellement aux femmes (le mariage et la maternité). En acceptant d'épouser Georges Duroy, elle souhaite avant tout une association d'ordre intellectuel.

Cette femme moderne fume, ce qui est rare à la fin du siècle dernier : la prise de tabac était une liberté que s'octroyaient peu de femmes. Chez Madeleine, le tabac d'ailleurs est source d'inspiration : « Ayant allumé une cigarette, elle raconta ses nouvelles, puis exposa ses idées, et le plan de l'article qu'elle rêvait.»

Dans le premier paragraphe, il y a une prédominance du personnage féminin, rendue sensible dans le jeu des pronoms personnels : elle emploie d'abord « je » (l. 2) avant de proposer une collaboration d'écriture à son mari en utilisant alors le « nous » (l. 7) Elle insiste sur son propre rôle, en employant les pronoms personnels compléments de la première personne : « On m'a apporté des nouvelles graves [...] ; C'est Laroche-Mathieu [...], qui me les a données. » Elle donne des ordres à Duroy ou utilise pour lui parler un ton péremptoire : « nous avons à », « il faut », « nous allons », « tiens, prends la lampe ».

Bel-Ami, un double

En face d'elle, le héros est ravalé d'abord au statut de sous-fifre, de mariolle[14] : il obéit et » l'écoutait avec attention », avant de prendre de l'assurance et d'exprimer son point de vue.

Duroy a du mal à remplacer le défunt mari de Madeleine. Il est hanté par la présence de Forestier, et le décor accentue cette difficile prise de possession d'un lieu. Le texte utilise ainsi le thème de l'identité (« Les mêmes livres s'alignaient dans la bibliothèque [...] »). Rien n'a changé depuis la mort de Forestier. Les vases achetés à Cannes « la veille de son dernier jour », sont en évidence et rappellent sans arrêt à Du Roy qu'il a pris la place de son ami. La réaction qu'il a vis-à-vis du porte-plume est révélatrice : il refuse d'être aliéné par le souvenir de son ami, et en quelque sorte de son double. Il prend donc possession de ses objets : « il s'empara [...] du porte-plume. » Plus loin dans le roman, ce sera au tour des bilboquets.

14. Une mariolle est un pantin : c'est le nom donné par Maupassant à son dernier héros de roman, dans *Notre Coeur*. Ce dernier est d'ailleurs dominé totalement par sa maîtresse, Mme de Burne.

Une association intellectuelle

Maupassant présente dans ce passage un couple travaillant à un projet commun et s'épanouissant dans cette entreprise.

Dans le quatrième paragraphe, le lecteur est sensible à l'alternance stylistique des temps du récit (imparfait et passé simple) : les deux époux travaillent avec une certaine complémentarité, passant d'une attitude d'écoute et de réflexion (imparfait) à une période d'action (passé simple). Il y a également alternance des pronoms personnels, sujets des verbes : « elle raconta [...], il l'écoutait [...], il souleva [...], elle voyait [...] ». Ce procédé rappelle la technique cinématographique du champ/contre-champ qui met l'accent sur la simultanéité des actions des deux protagonistes.

DEUXIÈME AXE DE LECTURE
L'ÉCRITURE D'UN ARTICLE POLITIQUE

La presse et la politique

Le texte insiste sur l'imbrication du monde politico-financier et de la presse. Dès le premier paragraphe, Madeleine associe à leur entreprise journalistique « Laroche-Mathieu, le député, le futur ministre ». L'article devient, grâce à Duroy, « un plan de campagne contre le ministère actuel », une « attaque ». Le vocabulaire est militaire et met en évidence les objectifs politiques de l'article : le renversement du gouvernement et l'arrivée au pouvoir de Laroche-Mathieu.

La méthode d'écriture

Le narrateur insiste sur la méthode d'écriture de l'article, et ne s'attarde nullement sur le contenu : il affirme seulement que l'article va utiliser « des nouvelles graves », « des nouvelles du Maroc », qu'il prendra comme assise « des faits et des chiffres ». Il s'agit de rédiger « un article à sensation », d'utiliser les « trucs » des échotiers : rechercher une saillie, trouver les mots qui blessent.

Une fois de plus, Duroy est en proie aux affres de la page blanche, un Duroy qui « avait toujours le début difficile ». Bien qu'engagé comme chef des Échos à *La Vie française,* il n'arrive toujours pas à écrire avec facilité. C'est Madeleine qui « vint doucement se pencher sur son épaule » et qui « se mit à lui souffler ses phrases tout bas, dans l'oreille »[15].

Les difficultés de Duroy à l'écrit contrastent avec son aisance verbale : « il souleva des objections, reprit la question, l'agrandit ». Il ne sait développer sa pensée qu'oralement, et, quand il s'agit de transformer son discours en article, rencontre des difficultés considérables. Il est en fait un bon orateur, fait pour la politique[16].

L'association intellectuelle des deux époux montre bien leur valeur respective : Duroy, sans Madeleine, ne serait pas capable d'écrire un article à sensation, ce qui révèle une nouvelle faille dans la personnalité du héros de *Bel-Ami.* Il développe un plan de campagne, par oral, et elle écrit.

CONCLUSION

Les répercussions de cet article, écrit en étroite collaboration par les époux Duroy, seront nombreuses et variées : politiques mais aussi personnelles puisque Duroy, de chef des Échos, va être promu rédacteur politique. Cependant, elles ne font pas oublier le rôle réel des deux complices dans cette affaire. Madeleine se présente comme l'initiatrice, la muse de son mari. Elle a toutes les qualités de la femme moderne. En face d'elle, Duroy n'a même pas l'étoffe d'un bon chroniqueur mais présente cependant toutes les caractéristiques du politicien. Il peut donc trouver sa place au sein du « grand parti des opportunistes aimables » qu'on pourrait appeler « les charmeurs »[17]. Il est le type même de l'homme-fille.

15. Dans sa chronique « Les Politiciennes », Maupassant brosse le portrait d'une nouvelle femme, « la conseillère cachée, utile et ferme de bien des grands hommes qu'elle guidait, dans l'ombre, de ses conseils », *Chroniques,* t I, p. 316.

16. L'homme-fille, ce type nouveau dont Maupassant brosse le portrait dans son conte sait gouverner « avec des paroles douces et des promesses trompeuses ; il est si charmant qu'il [...] capte en une causerie de cinq minutes », in « L'Homme-fille », *Contes et Nouvelles I* p. 754-755. Cf. Lecture méthodique 1, p.90.

17. Op. cit., p. 754.

Texte 6 | Deuxième partie, chapitre 10

(*Bel-Ami*, pages 414-415)

Lorsque l'office fut terminé, il se redressa, et, donnant le bras à sa femme, il passa dans la sacristie. Alors commença l'interminable défilé des assistants. Georges, affolé de joie, se croyait un roi qu'un peuple venait acclamer. Il serrait des mains, balbutiait des mots qui ne signifiaient rien, saluait, répondait aux compliments : « Vous êtes bien aimable. » Soudain il aperçut Mme de Marelle ; et le souvenir de tous les baisers qu'il lui avait donnés, qu'elle lui avait rendus, le souvenir de toutes leurs caresses, de ses gentillesses, du son de sa voix, du goût de ses lèvres, lui fit passer dans le sang le désir brusque de la reprendre. Elle était jolie, élégante, avec son air gamin et ses yeux vifs. Georges pensait : « Quelle charmante maîtresse, tout de même. »

Elle s'approcha, un peu timide, un peu inquiète, et lui tendit la main. Il la reçut dans la sienne et la garda. Alors il sentit l'appel discret de ces doigts de femme, la douce pression qui pardonne et reprend. Et lui-même il la serrait, cette petite main, comme pour dire : « Je t'aime toujours, je suis à toi ! »

Leurs yeux se rencontrèrent, souriants, brillants, pleins d'amour. Elle murmura de sa voix gracieuse : – À bientôt, monsieur.

Il répondit gaiement : – À bientôt, madame.

Et elle s'éloigna.

D'autres personnes se poussaient. La foule coulait devant lui comme un fleuve. Enfin elle s'éclaircit. Les derniers assistants partirent.

Georges reprit le bras de Suzanne pour retraverser l'église. Elle était pleine de monde, car chacun avait regagné sa place, afin de les voir passer ensemble. Il allait lentement, d'un pas calme, la tête haute, les yeux fixés sur la grande baie ensoleillée de la porte. Il sentait sur sa peau courir de légers frissons, ces frissons froids que donnent les immenses bonheurs. Il ne voyait personne. Il ne pensait qu'à lui.

Lorsqu'il parvint sur le seuil, il aperçut la foule amassée, une foule noire, bruissante, venue là pour lui, pour lui Georges Du Roy. Le peuple de Paris le contemplait et l'enviait.

Puis, relevant les yeux, il découvrit là-bas, derrière la place de la Concorde, la Chambre des députés. Et il lui sembla qu'il allait faire un bond du portique de la Madeleine au portique du Palais-Bourbon.

Il descendit avec lenteur les marches du haut perron entre deux haies de spectateurs. Mais il ne les voyait point ; sa pensée maintenant revenait en arrière, et devant ses yeux éblouis par l'éclatant soleil flottait l'image de Mme de Marelle rajustant en face de la glace les petits cheveux frisés de ses tempes, toujours défaits au sortir du lit.

INTRODUCTION

Situer le passage

Bel-Ami, après avoir divorcé de Madeleine, a enlevé Suzanne Walter. Il l'épouse en grande pompe. Ce passage constitue le dénouement du roman, et se lit donc comme un doublet de l'incipit (cf. lecture méthodique 1).

Dégager des axes de lecture

Le texte présente un Bel-Ami triomphant, à l'apogée de son ascension. Il prend conscience de sa réussite sociale, sensuelle et politique, sans être touché par la solennité du lieu et de la cérémonie. Maupassant brosse ici un dernier portrait de son protagoniste : Du Roy est un narcissique, un homme de désirs qui transforme la réalité par l'imagination.

PREMIER AXE DE LECTURE
LE TRIOMPHE DE BEL-AMI

Le passage est le dénouement du roman : il doit se lire parallèlement à l'incipit pour mesurer les progrès de Duroy, la distance entre ce qu'il était et ce qu'il est devenu. Bel-Ami a achevé sa conquête, dans tous les domaines : il n'est plus seul dans Paris, il est adulé par la foule ; il n'est pas en situation d'attente, il est au faîte de la gloire. La clôture du roman rappelle le caractère *in medias res* de l'incipit : elle fait le point sur le personnage et sur l'intrigue sans pour autant mettre un terme à la vie du héros et à ses aventures. Le roman est « une œuvre ouverte »[18] : le lecteur peut inventer une suite à la destinée du protagoniste, créer un après-roman.

Profanation d'un lieu sacré

Bel-Ami triomphe lors de son mariage religieux avec Suzanne Walter, la fille du directeur de *La Vie française*. L'église de la Madeleine, un lieu sacré, consacre ici l'ascension d'un arriviste. Le personnel ecclésiastique se fait le complice d'une réussite amorale. Le passage est parcouru par le champ lexical du désir sensuel qui accentue la subversion des valeurs religieuses. Les églises ont déjà servi de lieux de rendez-vous amoureux à Bel-Ami (cf. II, 4). Ici, le héros, au lieu de penser à sa jeune épouse, est envahi de désirs pour Mme de Marelle ; celle-ci profite des noces de Duroy pour lui indiquer qu'elle lui « pardonne et [le] reprend ». Même le vocabulaire sacré (« pardonne ») est perverti. Et le dernier mot du roman, le terme « lit », semble déplacé au sein d'une église.

Une cérémonie rituelle

Le mariage de Duroy rappelle les accueils triomphaux réservés aux vainqueurs romains. On évoque à deux reprises le « portique » (l. 40-41) ; il descend « entre deux haies de spectateurs » ; la cérémonie est comparée à un spectacle auquel assistent de nombreux

18. Titre d'un essai de poétique littéraire d'Umberto Eco.

invités (« l'interminable défilé des assistants », « les derniers assistants partirent »). En fait, Bel-Ami a remporté de nombreuses victoires et le peuple de Paris vient l'acclamer et louer sa réussite. Il « le contemplait et l'enviait ».

Bel-Ami marche du fermé vers l'ouvert. « Il pass [e] dans la sacristie », puis il « retraverse [...] l'église » vers « la grande baie ensoleillée de la porte » avant de « faire un bond » vers « le portique du Palais-Bourbon ». Cette graduation est à l'image de son ascension sociale, et l'avancée vers la lumière symbolise une quête nouvelle : « il découvrit là-bas, derrière la place de la concorde, la Chambre des députés. Et il lui sembla qu'il allait faire un bond du portique de la Madeleine au portique ». La démarche de Bel-Ami est majestueuse. Une phrase lente, multipliant les appositions et les juxtapositions souligne la théâtralité de l'événement : « il allait lentement, d'un pas calme, la tête haute, les yeux fixés sur la grande baie ensoleillée de la porte ».

La mégalomanie de Bel-Ami

Bel-Ami est envahi par un fort sentiment de réussite, qui se traduit par une grande mégalomanie. Il se compare à un monarque : il « se croyait un roi qu'un peuple venait acclamer » et le texte multiplie les références au peuple ou à la foule (deux occurrences de « peuple », trois de « foule »).

Il est heureux, « affolé de joie », jouit de l'acclamation de la foule. Il est content de lui : il « ne voyait personne. Il ne pensait qu'à lui ». Son désir de gloire est devenu une idée fixe qui occupe toute sa pensée. Il joue une fois de plus un rôle, remerciant les gens de leur présence sans les voir réellement, obsédé qu'il est de sa réussite. « Il serrait des mains, balbutiait des mots qui ne signifiaient rien, saluait, répondait aux compliments : " Vous êtes bien aimable ."» Le héros est semblable à un pantin qui agit mécaniquement.

La victoire de Bel-Ami devient véritablement triomphale lorsqu'il revoit Mme de Marelle. Celle-ci l'avait quitté en apprenant son mariage avec Suzanne Walter, après qu'il l'eut frappée. Elle se présente cependant à la cérémonie et ose s'offrir à lui : « Elle s'approcha, un peu timide, un peu inquiète, et lui tendit la main. » C'est elle qui revient à lui, pour qu'il la « reprenne ». « Alors il sentit l'appel discret de ces doigts de femme, la douce pression qui pardonne et reprend. »

Bel-Ami a toutes les raisons d'être sûr de son triomphe. Idolâtré par le peuple et les femmes, il a réussi dans tous les domaines et s'imagine être l'idole d'une nouvelle religion.

DEUXIÈME AXE DE LECTURE
BEL-AMI, UN ÊTRE DE DÉSIR

Les désirs de Bel-Ami

Dans l'incipit du roman, le héros était rempli d'attentes et de désirs. Tout au long de l'intrigue, on suit Bel-Ami qui cherche satisfaction : il courtise les femmes, cherche de l'argent, espère la gloire, et vise même, dans le dénouement, une reconnaissance politique. Lorsqu'il fait référence au Palais-Bourbon, il espère devenir député, se voit déjà dans l'enceinte de l'assemblée. En fait, le désir de Bel-Ami n'est jamais assouvi, et la sensualité est bien le moteur du personnage.

Cependant, dans ce passage de clôture, c'est une femme, et non des femmes, qui prédomine. C'est sur l'évocation des « petits cheveux frisés de ses tempes, toujours défaits au sortir du lit » de Mme de Marelle que se termine le roman. Elle apparaît comme un personnage récurrent dans l'intrigue, et sa présence rachète un peu l'amoralité du héros : il n'est pas complètement dépourvu de sentiments. Il n'est pas totalement insensible et inhumain puisqu'il revient sans cesse à elle.

En fait, le dénouement insiste sur l'adéquation qui existe entre ces deux êtres de la même race. Dans le deuxième paragraphe, le romancier met en valeur leur complémentarité en utilisant des constructions de phrase identiques (« tous les baisers qu'il lui avait donnés, qu'elle lui avait rendus »). Il souligne leur amour réciproque (« toutes leurs caresses » ; « leurs yeux se rencontrèrent [...], pleins d'amour »).

Regard et focalisation interne

Le point de vue adopté par le narrateur – focalisation interne – permet de pénétrer dans l'intimité du héros, de rendre compte de ses désirs secrets. La description de Mme de Marelle dans le deuxième paragraphe est faite à travers le regard de Bel-Ami : « Elle était jolie, élégante, avec son air gamin et ses yeux vifs. » De même, dans « une foule noire, bruissante, venue là pour lui, pour lui Georges Du Roy », la répétition de groupe prépositionnel « pour lui » et l'emploi du style indirect libre rendent visible la vanité du personnage[19].

La matérialisation de ses désirs passe par le regard et ce champ lexical parcourt tout le passage. On relève : « aperçut », « leurs yeux se rencontrèrent », « les yeux fixés », « voyait », « aperçut », « découvrit », « voyait ». Son désir le projette dans le temps : dans le passé, quand il s'agit de son désir amoureux (« Soudain il aperçut Mme de Marelle ; et le souvenir de tous les baisers [...] »), dans l'avenir puisque la rencontre de sa maîtresse « lui fit passer dans le sang le désir brusque de la reprendre ». Bel-Ami n'est plus dans la réalité : il s'enivre de sa gloire, voit ce qu'il veut voir, et l'imagination tient chez lui un rôle essentiel, propre à son comportement de mégalomane.

CONCLUSION

Le dénouement nous montre un héros, au faîte de la gloire, qui jouit de son ascendant sur les autres. Le roman se clôt sur une ouverture. Qu'adviendra-t-il de Bel-Ami à plus long terme ? Du Roy ne peut-il échouer un jour ? N'oublions pas que Maupassant lui-même considérait son héros comme un « gredin », qui ne devait son succès qu'au milieu dans lequel il évoluait. Quoi qu'il en soit, l'ascension d'un homme-fille sans scrupules, qui utilise la presse et les femmes dans son ascension sociale, montre le pessimisme du

---

19. Le style indirect libre est intermédiaire entre le style direct et le style indirect : il fait l'économie des verbes introducteurs et des signes de ponctuation. Il s'intègre ainsi plus facilement à la narration.

romancier : en quoi peut-on croire si un tel vaurien, sans aucune qualité morale, réussit ? En fait, *Bel-Ami* est un roman qui insiste sur les perversions : perversions d'une société corrompue, perversions d'un héros qui ne recule devant rien pour aller toujours plus avant. Le protagoniste est totalement amoral, sans aucune conscience du Bien et du Mal, plus proche de l'antihéros que du héros traditionnel.

Bibliographie

ÉDITIONS MAJEURES

- BANCQUART Marie-Claire, *Bel-Ami* (Imprimerie Nationale, 1979).
- DELAISEMENT Gérard, *Bel-Ami* (Garnier,1959), avec de nombreux textes inédits sur l'univers du journal.
- FORESTIER Louis, *Bel-Ami*, in *Romans* (Gallimard, 1987).
- En ce qui concerne les Chroniques, deux collections peuvent être consultées : celle de Pascal Pia (Paris, Goilon, 1969) et celle d'Hubert Juin (Paris, 10/18, 1980) ; mais elles sont incomplètes. Actuellement, 250 chroniques ont été recensées.

ON POURRA CONSULTER :

- BANCQUART Marie-Claire, *Maupassant, Conteur fantastique* (Mignard, 1976), et tous les travaux de ce critique. Un visage très moderne de Maupassant.
- BESNARD-COURSODON Micheline, *Étude thématique et structurale... Le piège* (Nizet, 1973)). Une approche originale et très riche.
- BONNEFIS Philippe, *Bel-Ami, Commentaires et notes sur...* (Albin Michel,1983).
- BURY Marianne, *La poétique de Maupassant* (SEDES, 1994). Un aspect de l'œuvre rarement étudié. Essentiel.
- DANGER Pierre, *Pulsion et désir dans les romans et nouvelles de Guy de Maupassant* (Nizet,1993).
- DELAISEMENT Gérard, *Maupassant journaliste et chroniqueur* (Albin Michel, 1956) ; *Bel-Ami et les écrits antérieurs de Maupassant* (R.S.H. avril-juin 1956) ; *Guy de Maupassant, le témoin , l'homme, le critique* (C.R.D.P. d'Orléans, Tours, 1981), 2 volumes consacrés à l'étude générale de l'oeuvre (en particulier des chroniques) ; *La modernité de Maupassant* (Rive Droite, 1995).
- FORESTIER Louis, nombreux articles sur Guy de Maupassant en dehors de son édition générale. Essentiel.
- LANOUX Armand, *Maupassant, le Bel-Ami* (Fayard,1967). Un travail cursif et très vivant.

- SCHMIDT Albert-Marie, *Maupassant par lui-même* (Albin Michel, 1959), un œil vif et perçant.
- THIBAUDET Albert, *Réflexions sur la littérature, La question Bel-Ami* (Gallimard, 1940). Encore d'actualité.
- THUMEREL Thérèse et Fabrice, *Guy de Maupassant* (Colin, 1992). Riche et passionnant.
- VIAL André, *Guy de Maupassant et l'art du roman* (Nizet, 1954). Une « somme » indispensable. *Faits et significations* (Nizet, 1973), avec de nombreux articles réunis ici.
- WILLI Kurt, *Déterminisme et liberté chez Guy de Maupassant* (Zurich, Juris Druck verlag, 1972). Un essai qui illustre le pessimisme de Maupassant.

PARMI LES NOMBREUX ARTICLES ET COMMUNICATIONS :

- *Le Bel-Ami,* bulletin de l'Association des Amis de Guy de Maupassant (1951-1961).
- Quelques numéros de la revue *Europe* (juin 1969 et août-septembre 1993), du *Magazine littéraire* (janvier 1980 et mai 1993), et de divers colloques, notamment celui de Fécamp en 1993 dont les travaux ont été réunis dans deux ouvrages : *Maupassant* (Musée des Terre-Neuves, Fécamp, 1993) et *Maupassant et l'écriture* (Actes du colloque) avec des articles de tous les spécialistes présents, dont Joseph-Marc BAILBÉ, Marie-Claire BANCQUART, Louis FORESTIER, Mariane BURY, Gérard DELAISEMENT, Robert LETHBRIDGE... (Nathan, 1993).

FILMOGRAPHIE

Paré de toutes les vertus filmographiques, Maupassant aurait dû voir se multiplier les meilleurs films autour de *Bel-Ami.* Il n'en fut rien : le *Bel-Ami* de Willy FORST (1939), celui d'Albert LEWIN (1947), celui de DAQUIN (1955), mutilé, en sont des preuves accablantes.

Index

Guide pour la recherche des idées

Ambition

Amour

Argent

Couple

Décadence de la société

Double et fantastique

Espaces

Femmes

Formation (roman de)

Mort

Pessimisme et solitude

Poétique du roman

Politique

Presse et journalisme

Réalisme / naturalisme

Religion

Séduction et hypocrisie

Sensations

Les références renvoient aux pages du Profil.

Bussière Camedan Imprimeries
à Saint-Amand (Cher), France.
Dépôt légal : août 2000. N° d'édit. : 18298. N° d'imp. : 003367/1.